Prinz Eisenherz

BÄNDIGT REBELLEN
BEFREIT ALETA

Von Harold Foster
und Max Trell

Gondrom

Lizenzausgabe für Gondrom Verlag GmbH & Co. KG, Bindlach 1993

Einbandgestaltung: Werbestudio Werner Ahrens

ISBN 3-8112-1070-X

Prinz Eisenherz bändigt Rebellen

Wenn sich Prinz Eisenherz und sein Freund Gawain nach einer langen Trennung wiedertrafen, ging es gewöhnlich laut und lebhaft zu. Einmal kam jedoch ein Wiedersehen, das ganz anders verlief. Das lag nun freilich nicht etwa daran, daß sich die Gemüter der beiden Ritter im Laufe der Jahre wesentlich abgekühlt hätten; die Schuld trug einzig und allein Klein-Arne, der Erstgeborene des Prinzen. Diesem war in der Umgebung des königlichen Schlosses ein Hund zugelaufen, kein Ausbund an Schönheit, sondern ein schon ziemlich ältlicher Recke, dessen struppiges Fell voller Flöhe steckte. Dafür war das Tier jedoch so anhänglich und, wie sich bald erwies, auch so furchtlos, daß Arne nicht einmal durch die Zusprache der Eltern zu bewegen war, von ihm abzulassen. Ohne Arg nannte er den Hund nach Sir Gawain, über dessen Tapferkeit und Treue ihm der Vater schon so vieles erzählt hatte.

Eines Tages fand Arne das Leben zu Hause etwas langweilig und beschloß, sich die Welt wieder einmal auf eigene Faust anzusehen. Ehe er auszog, füllte er in der Vorratskammer einen Schnappsack mit vielen guten Dingen, dann rief er „Sir Gawain“ und verließ mit ihm den sicheren Bereich der Burg. Diesmal würde er den Großen bestimmt zeigen, was für ein gewaltiger Held auch er schon war, so dachte er und schritt munter fürbaß.

Einige Stunden später, als Arne glaubte, den größten Teil der Welt schon erforscht zu haben, begann sein Magen heftig zu knurren und erinnerte ihn so an die nahrhaften Sachen im immer noch prallvollen Schnappsack. Der Weltreisende ließ sich also am Rande einer kleinen Lichtung nieder und holte genüßlich hervor, was er an kaltem Fleisch, geräuchertem Speck und knusperigem Brot eingepackt hatte. „Sir Gawain", der ihm dabei begehrlich zuschaute, bekam natürlich von allem auch seinen redlichen Teil.

Nach dem ausgiebigen Mahl gönnte sich Arne ein wohlverdientes Schläfchen, wobei ihm der geduldige Hund als Wächter und Kopfkissen zugleich dienen mußte. Diese Ruhepause zog sich ziemlich lange hin. Als der Schläfer endlich an einem Ameisengekribbel erwachte, war der Tag schon im Schwinden. Arne ordnete deshalb die Heimkehr an und tröstete sich mit dem Gedanken, daß er den Rest der Welt auch ein andermal entdecken könnte. Der Forschungsreisende hatte indes kaum hundert Schritte getan, als er aufgehalten wurde.

Der Weg war versperrt! Voraus im Gebüsch stand ein Hirsch — so groß und gewaltig, daß er nach Arnes Meinung nur der sagenhafte Königshirsch sein konnte, von dem die Jäger an den Lagerfeuern die unheimlichsten Geschichten erzählten. Daß das Tier in Wirklichkeit nur eine harmlose Hirschkuh war, die prüfend zu den Störern ihres Waldfriedens herüberäugte und sich dann mit lässigen Sätzen ins Dikkicht verzog, das alles ging Arne noch nicht einmal als Ahnung auf; er bewunderte vielmehr den tollkühnen „Sir Gawain", der die drohende Gefahr so gering schätzte, daß er sich abwartend auf die Hinterbeine setzte, die Augen schloß und vor lauter Langeweile zu gähnen begann.

Nach diesem noch einmal gutverlaufenen Abenteuer meldete sich bei den beiden Gefährten der Hunger wieder. Doch nun wurde die Lage schon etwas ernster, denn der Schnappsack war bis auf ein paar kümmerliche Brotkrümel leergegessen.

Arne unterdrückte sein Verlangen nach etwas Eßbarem standhaft, aber es fiel ihm doch ein, wie schön es wäre, wenn er jetzt zu Hause in Wikingsholm am reichgedeckten Tisch der Eltern sitzen könnte. Als die Überlegungen des kleinen Guckindiewelt so weit gediehen waren, überkam ihn ein heftiges Heimweh.

Im Wald war inzwischen die Nacht eingefallen, deren Schatten sich zu Riesen ballten. Arne wurde es nun doch etwas bänglich zumute; denn er erlebte, wie einsam und bedrohlich die Welt von einer Stunde zur anderen werden kann. Als schließlich aus der Ferne der vertraute Schall eines Hifthorns zu ihm drang, da empfand er dies wie eine tröstliche Botschaft von daheim.

Der nämliche Hörnerschall erreichte auch das Ohr eines alten Jägers, dessen ärmliche Hütte nur einige Steinwürfe weit von dem Platz entfernt lag, an dem sich Arne in seiner Ratlosigkeit niedergelassen hatte. „Das kann nur bedeuten, daß sich ein Mensch verirrt hat", meinte der Mann zu seiner Tochter und machte eine Laterne bereit.

Draußen vernahm er dann das dumpfe Jaulen eines Hundes. Als er dem Geheul nachging, fand er einen kleinen, verängstigten Jungen, der ganz offensichtlich einer helfenden Hand bedurfte.

Nun verstand der Alte den Sinn des nächtlichen Notrufes; er stieß ins eigene Horn und schmetterte ein Zeichen zurück, das „Alles gut!“ oder „Gefahr vorüber!“ bedeutete.

Die Wechselrufe der Hörner klangen noch eine Zeitlang weiter, bis alles klar war und Arnes Eltern ihr Kind in Sicherheit wußten. Mit einem letzten Signal wurde durchgegeben, daß das Kind bis zum Morgen in der Jägerhütte bleiben könne.

Drinnen in der engen Stube durfte Arne zunächst einmal soviel dampfende Hafergrütze essen, wie er nur mochte. Daß die Gastgeber ihm zuliebe auf das eigene Nachtmahl verzichteten, übersah der kleine Prinz in seinem Heißhunger. Als er dann endlich satt war und auch den Hund gefüttert hatte, erklärte er der Jägerstochter, er sei müde und man möge ihn zu Bett bringen. Genau wie er es von zu Hause gewöhnt war. In der ärmlichen Hütte gab es nun allerdings überhaupt kein Bett, aber man bereitete dem Fürstensohn eine dicke Strohschütte vor dem glostenden Herdfeuer und gab ihm die beste Schafwolldecke des Hauses. Ehe Arne noch recht überlegen konnte, was er daheim über seine Forschungsreise erzählen wollte, war er vor lauter Müdigkeit schon in einen traumlosen Schlaf versunken.

Am anderen Morgen, nachdem Arne noch einmal eine Schüssel Haferbrei ausgelöffelt hatte, nahm ihn der Jäger bei der Hand, um ihn den Eltern entgegenzuführen. Auf diesem Weg begab sich etwas Wunderbares. Sie begegneten nämlich einem Reiter, der so prächtig gewandet war, wie in ganz Thule sonst nur noch Prinz Eisenherz, der Ritter von König Arthurs Tafelrunde.

Angesichts des roten Hengstkopfes auf dem Rock des Knaben zügelte der Fremde erstaunt sein Pferd und wandte sich an den Jäger: „Kannst du mir wohl verraten, wer die Eltern dieses jungen Kriegers sind?“

„Prinz Eisenherz und Prinzessin Aleta, hoher Herr. Ich habe den Enkelsohn unseres Königs gestern abend, als es schon finster war, mitten im Walde aufgestöbert und führe ihn jetzt den Eltern entgegen, die auf dem Weg hierher sind. Wir konnten uns in der Nacht durch Hornrufe verständigen.“

„Herrlich!“ freute sich da der Reiter, sprang aus dem Sattel und nahm den Jäger beiseite. „Hör zu, Alter, das gibt ein Heidenspaß. Der Vater ist mein Blutsfreund. Ich selber komme aus Britannien, um Prinz Eisenherz eine Botschaft von König Arthur zu bringen. Was meinst du wohl, wie der Prinz staunen wird, wenn ich ihm mit dem Sendschreiben zugleich auch seinen Ausreißer überreiche. Willst du mir deinen Findling anvertrauen?“

Damit war der Jäger gerne einverstanden, denn er dachte in seinem Biedersinn nicht an eine Belohnung, sondern nur an die viele Arbeit, die ihn daheim erwartete. Den wohlverdienten Lohn erhielt er von dem Fremden beim Abschied dann noch in so reichem Maße, daß er's gar nicht fassen konnte.

Arne durfte sich zu dem Fremden in den Sattel setzen, was ihm ein großes Vergnügen bereitete. Unterwegs wurde er gesprächig. „Mein Vater ist ein unvergleichlicher Krieger, der allen anderen Leuten befehlen darf. Nur meiner Mutter nicht. Wenn die etwas sagt oder ihm auch nur Augen hinmacht, dann springt und gehorcht er genauso wie mein ‚Sir Gawain‘ da“, sagte Arne und deutete auf den nebenherlaufenden Hund.

„Sir Gawain? Nennst du deinen Köter vielleicht Sir Gawain? Und wie kommst du überhaupt auf diesen Namen?“

„Gewiß, Herr! Den Namen habe ich ihm gegeben.“

„Ich fürchte, ich werde deinem sauberen Herrn Vater demnächst einen kleinen Vortrag über Jugenderziehung halten müssen“, knurrte der Reiter ärgerlich vor sich hin. Er beruhigte sich aber gleich wieder, denn Arne fuhr unbekümmert fort: „Mein Vater sagt nämlich immer, der Hund sei genauso verspielt wie der wirkliche Sir Gawain, dafür aber auch so tapfer und edelmütig wie dieser Held der Christenheit. Um diesen kühnen Ritter, der meines Vaters liebster Freund ist, zu ehren, habe ich den Hund nach ihm benannt. Ich selber heiße ja auch nur Arne, weil ein Freund meines Vaters so heißt.“

Bei dieser Erklärung wich der Ärger in des Fremden Gesicht einem selbstgefälligen Schmunzeln. Sie ritten munter plaudernd weiter, bis hinter einer Wegbiegung Arnes Eltern auftauchten und schon von weitem „Gawain, Sir Gawain, herzlich willkommen!“ riefen.

Arne brauchte eine ganze Weile, um zu begreifen, daß er im Sattel des wirklichen Herrn Gawain nach Hause geritten war und damit das schönste Abenteuer seines Lebens bestanden hatte. Abends gab es dann ein Festmahl, bei dem es wesentlich friedlicher, aber ebenso fröhlich zuging wie sonst, wenn sich die alten Freunde nach langer Trennung wiederfanden.

Gawain war indes nicht zum Vergnügen nach Thule gekommen; er überbrachte dem Prinzen vielmehr einen Auftrag, dessen Durchführung mit Gefahren verbunden war und den König Arthur in keine anderen Hände legen wollte.

Anderntags trafen, völlig unerwartet, auch noch drei Gesandte von den Nebelinseln ein, die berichteten, daß Aletas Königreich in Schwierigkeiten geraten sei und dringend der Anwesenheit der Herrscherin bedürfe.

Diesem Ruf der Heimat hatte Aleta ebenso zu folgen wie Eisenherz als Ritter der Tafelrunde dem seinigen. So hieß es denn Abschied nehmen für eine lange, unbestimmte Zeit, von der weder der Prinz noch die Prinzessin wissen konnten, welches Schicksal sie ihnen bescheren würde.

Für Eisenherz gab es kaum Vorbereitungen zu treffen, denn seine Waffen lagen stets bereit. Anders für Aleta, die ein umfangreiches Gepäck für sich und die Kinder, die sie auf der weiten Reise begleiten sollten, zusammenstellen mußte. Angesichts der Dringlichkeit des ihm erteilten Auftrages wollte der Prinz nicht warten, bis all die vielen Truhen gepackt waren, sondern sofort aufbrechen. Beim Abschied mahnte ihn Aleta noch: „Erfülle den Auftrag des Königs, so wie es sich für einen Ritter der Tafelrunde geziemt, aber meide jede Gefahr, der du dich nicht unbedingt aussetzen mußt. Und

wenn du deine Pflicht erfüllt hast, dann folgst du mir mit Gawain nach den Nebelinseln, wo ich euch spätestens im Frühjahr erwarte. Bis dahin, so hoffe ich, werde ich die Dinge noch selber meistern können.“

Wenige Stunden darauf traten die Freunde auf König Aguars schnellstem Schiff die Reise nach Britannien an. Eisenherz freute sich auf die Abenteuer, die ihn dort erwarteten, aber der Abschied von seinen Lieben war ihn noch nie so hart angekommen wie gerade dieses Mal.

Der Prinz wählte für die Fahrt nach Britannien den Weg über die Orkney-Inseln und die Irische See. Auf diese Weise kam er am schnellsten nach Tintagel, einer Burg an der felsigen Nordküste der Halbinsel Cornwall, wo ihn König Arthur erwartete. Vierzehn Tage später brach Aleta, begleitet von einer Flotte und Thules besten Kriegern, nach dem Süden auf.

Tag für Tag harrte König Arthur ungeduldig auf des Prinzen Ankunft. Sein Herz war voller Sorge, denn die Sachsen standen wieder im Land und hatten eine neue Waffengattung, die leichte Reiterei, mitgebracht. Als sich endlich ein Drachenboot der Landungsbucht näherte und bald darauf auch der rote Hengstkopf auf dem Segel sichtbar wurde, da rief der König erleichtert aus: „Dem Himmel sei Dank, daß Eisenherz rechtzeitig gekommen ist. Mögen sein Geist noch so flink und sein Arm noch so stark sein wie früher!“

Bald darauf lag das Boot festgetäut am Landeplatz; alle freuten sich, daß die beschwerliche Reise überstanden war. Während Eisenherz und Gawain den steilen Felsenpfad zur Burg hinaufeilten, schallten ihnen von oben schon jubelnde Willkommgrüße entgegen.

Nach einem stürmischen Empfang versammelte König Arthur seine Getreuen in der Halle und sprach: „Horsa, der Anführer der Angelsachsen, ist mit einer großen Streitmacht übers Meer gekommen. London hat sich seinem Ansturm ergeben; ebenso viele Burgen an der von uns nur schwach geschützten Ostküste. Dieser Einbruch gelang ihm, weil er dieses Mal nicht nur Krieger, sondern auch Pferde mitgebracht hat. Gegen seine leichte Reiterei können meine schwerfälligen Ritter nichts ausrichten, es sei denn, die Sachsen stellten sich selbst zum offenen Kampf, woran sie bisher freilich nicht gedacht haben."

Eisenherz benützte eine vom König eingelegte Pause zu einer Frage: „Wenn Britannien im Osten so sehr bedroht ist, wie kommt es dann, daß wir mit unserer Hauptmacht im Westen, hier in Cornwall, stehen?"

„Weil Späher berichten, daß sich die Könige von Cornwall mit Horsa verbündet und ihm die Landung an der Westküste gestattet haben. Vielleicht sind wir aber auch auf eine Kriegslist hereingefallen."

Eisenherz überlegte sich die Lage bis in die Nacht hinein und kam zu dem Ergebnis, daß sie völlig verfahren sei. Der Sieg gegen beide Gegner konnte nach seiner Meinung nur errungen werden, wenn man sie dazu brachte, sich selbst zu zerfleischen.

Wie das etwa geschehen könnte, wußte Eisenherz auch schon. Nach einem kurzen Schlaf suchte er sich ein buntscheckiges, schon arg zerlumptes Gewand zusammen. Dazu nahm er eine Laute, ein struppiges Pferdchen — und der Spielmann war fertig. So vermummt, ritt der Prinz mit Arthurs Einverständnis nach Burg Restormel, dem Sitz eines der Könige von Cornwall.

Zwei Tage später tauchte die Burg vor ihm auf. Eisenherz ritt, ein munteres Liedchen singend, beherzt auf den Torturm zu, wo ihm niemand Schwierigkeiten machte. Fahrende Sänger waren zu jenen Zeiten beliebt, denn sie brachten Nachrichten von draußen mit und viel Spaß dazu.

„Füttert mein Roß, edle Herren, und bringt mich in eure gastliche Burg, mein Bauch ist nämlich fast so leer wie eure Köpfe. Wenn ich morgen weiterziehe, werde ich jedem von euch einen Beutel Gold schenken."

Die harmlosen Knechte grinsten zu dieser Rede und führten den Mann, den sie für einen fahrenden Sänger hielten, ohne Bedenken in die Halle, wo der König und sein Gefolge gerade beim Schmause waren. Während sich Eisenherz noch ehrerbietig verbeugte, entdeckte er auf dem Platz zur Rechten des Königs einen großgewachsenen Sachsen, dessen Gewand so prächtig war, daß er zu den Edlen seines Volkes gehören mußte. Damit war erwiesen, daß die Könige von Cornwall Verrat geübt hatten und mit dem Feinde im Bund standen.

Der Prinz verriet mit keiner Miene, daß ihm die Anwesenheit des Sachsen aufgefallen war; er sang der fleißig tafelnden Runde ein lustiges Lied um das andere und erzählte zwischendurch die merkwürdigsten Geschichten. Schließlich, als die gute Laune seiner Zuhörer ihren Höhepunkt erreicht hatte, sang er auch ein Lied in der Sprache der Wikinger, mit dem er die Männer seiner nordischen Heimat schon oft zum Lachen gebracht hatte. In dieser Runde lachte indes nur ein einziger darüber, und das war der Sachse. Alle anderen verstanden offenbar kein Wort von der fremden Sprache.

Unter solchen Umständen konnte der Prinz einige Bemerkungen in seinen Vortrag einflechten, die nur für das Ohr des Sachsen bestimmt waren. An der Art, wie der Fremde das aufnahm und plötzlich ernst wurde, erkannte Eisenherz, daß er verstanden worden war; er ließ aber nichts merken und sang unbekümmert weiter, bis der König die Tafel aufhob.

Hinterher rief der Sachse den Spielmann zu sich. „Hast du dieses Lied für mich gesungen?“ wollte er wissen. — „Für Euch allein!“ war die Antwort. „Ich wollte warnen. König Arthur sitzt mit kaum hundert Rittern auf Tintagel. Glaubt Ihr, er würde das wagen, wenn er sich nicht auf die Könige von Cornwall verlassen könnte?“ —

Nach diesem Gespräch tat Eisenherz, als reite er seines Weges. In Wirklichkeit bezog er jedoch ein Versteck in der Nähe von Restormel. Von dort aus gewahrte er bald darauf einige sächsische Kundschafter, die nach Norden, also in der Richtung auf Tintagel hin, wegritten und drei Tage später von der Südküste her mit vielen Kriegern zurückkehrten. Als dann Kampfgeschrei von der Burg herüberschallte und ein Stall in Flammen aufging, da wußte der Prinz, daß die unnatürlichen Verbündeten aneinandergeraten waren und die Flotte der Sachsen an der Südküste von Cornwall, wahrscheinlich in der Fowey-Bai, vor Anker lag. Mit diesen für die weitere Kriegsführung höchst wichtigen Erkenntnissen jagte der Prinz nach Tintagel zurück.

„Und damit, Herr", so schloß der Prinz seinen ausführlichen Bericht, „bleibt den übrigen vier Königen nur noch die Wahl, sich erneut mit uns zu verbünden oder von den Sachsen erschlagen zu werden."

Anschließend daran bat Eisenherz den König, einen Kriegsplan entwickeln zu dürfen. Als dies genehmigt war, fuhr er fort: „So wie die Dinge jetzt stehen, wird Horsa die überwältigte Burg zu einem Stützpunkt ausbauen und seine Flotte in der Fowey-Bai überwintern lassen. Wenn es Euch recht ist, Herr König, dann will ich versuchen, die Schiffe an ihrem Ankerplatz zu vernichten, so wie uns das schon einmal an der Ostküste gelungen ist."

Dazu meinte Herr Arthur etwas ungläubig, daß man tatsächlich mancher Sorge enthoben sei, wenn das gelänge.

Eine weitere Erkundung bestätigte die Auffassung des Prinzen über Restormel. Die Sachsen waren bereits dabei, die Burg zu verstärken.

Wenige Tage später sollte sich auch die zweite Vorhersage des Prinzen erfüllen. Vor Tintagels Tor erschien ein Unterhändler der Herren von Cornwall und bat um eine Unterredung mit König Arthur. Als ihm diese nach einer Rückfrage gewährt wurde, erklärte er, seine Auftraggeber hätten ihren Fehler eingesehen und seien bereit, sich erneut zu verbünden.

Dieses Verlangen kam Arthur zwar wie gerufen, doch wollte er den Abtrünnigen die Rückkehr nicht allzu leicht machen und erklärte deshalb dem Unterhändler, daß er sich über ein neues Bündnis nur mit den Königen persönlich unterhalten könne, und zwar auf Tintagel unter freiem Geleit.

Die keltischen Könige hatten offenbar keine Bedenken, sich in Arthurs Gewalt zu begeben; sie, die sie selber zu jedem Verrat bereit gewesen waren, rechneten so fest mit Arthurs Lauterkeit, daß sie keinen Augenblick zögerten, dem Rufe zu folgen. Freilich blieb ihnen auch kaum eine andere Möglichkeit, wenn sie dem Unheil noch einmal entrinnen wollten.

Bei den Verhandlungen verzichtete Arthur ganz bewußt darauf, die reuevoll tuenden Sünder zu kränken; denn jedes Schwert, das er jetzt für die zu erwartende Auseinandersetzung mit den Sachsen gewinnen konnte, wog schwerer als der größte persönliche Triumph.

Während die feindlichen Lager zu ihrem Kampf auf Leben und Tod rüsteten, lag eine trügerische Ruhe über der Halbinsel Cornwall. Es war die Ruhe vor dem Sturm, der unweigerlich kommen mußte.

In der kurzen Spanne Zeit, die dem Prinzen für seine Vorbereitungen blieb, versammelte er in der Falmouthbucht an der Südküste ein seltsames Geschwader, das fast nur aus kleineren, zum Teil schon baufälligen Booten bestand. Mit diesen Schiffen, die ganz nach einem letzten Aufgebot aussahen, wollte Eisenherz der Sachsenflotte den Garaus machen.

Schließlich setzten sich die Sachsen von der Foweybucht aus landeinwärts in Bewegung. Unsichtbare Posten meldeten ihren Marsch durch Hornsignale von Hügel zu Hügel nach Tintagel weiter, wo man sich bald darüber klar wurde, daß die Burg selber das erste Ziel des Feindes war.

Die Sachsen wurden auf ihrem Marsch von niemand gehindert und erwarteten deshalb einen leichten Feldzug. Daß Eisenherz weit hinter ihrem Rücken zum entscheidenden Schlag ausholte, konnten sie nicht ahnen.

Der Prinz kletterte um diese Zeit in den Klippen der Foweybucht herum und beobachtete die Sachsenschiffe. Seine eigene Flotte wartete in der Nähe, bis Wind und Gezeiten seinem kühnen Vorhaben günstig waren.

Die wenigen Wächter bei den auf den Strand gezogenen Schiffen erwarteten von der See her keine Gefahr; nach der steilen Landseite hin hatten sie sich durch Gräben und Brustwehren ausreichend gesichert.

Eines Morgens beobachteten die Wächter, wie sich eine ärmlich zusammengewürfelte Flotte von der See her durch den Frühdunst an ihre Schiffe heranschob. Das sah nach einer Angriffsabsicht aus, aber die Sachsen konnten einen so kümmerlichen Gegner nicht ernst nehmen und griffen lachend nach ihren Schlachtbeilen. Ihre Freude über den leichten Sieg, der ihnen da zu bevorstehen schien, war indes verfrüht. Die lumpig gekleideten Männer in den mittelgroßen Booten dachten nämlich nicht daran, sich zum Kampf zu stellen, sondern trieben nur eine Schar kleinster Boote, die wie leer aussahen, ganz gemächlich vor sich her. Genau dorthin allerdings, wo die Sachsenflotte, halb auf den flachen Strand gezogen, unbeweglich festlag.

So harmlos, wie die unbemannten Boote in ihrer Winzigkeit aussahen, waren sie indes nicht, denn sie trugen in ihren breiten Bäuchen Öl und Teer, beides leicht entflammbare und heftig brennende Stoffe. Kurz ehe die alten Kähne ans Land trieben, flammte ihre gefährliche Ladung auf und brachte die sächsische Flotte in höchste Gefahr.

Bei dieser einen Überraschung blieb es jedoch nicht. Im Schutze des landeinwärts treibenden Rauches näherten sich nun auch die bemannten Boote dem Strand und jagten einen Hagel von Ölkrügen und Feuerbällen in die Verwirrung hinein, vor dem die Angegriffenen vergeblich Rettung suchten.

Als das Vernichtungswerk getan war, ließ Eisenherz die ihm verbliebenen Boote mit dem Ebbestrom ins Meer zurücktreiben. Ihm war bei dem kühnen Unternehmen kein einziger Mann verlorengegangen, die Sachsen aber hatten nicht nur ihre ganze Flotte, sondern auch sämtliche darauf verladenen Lebensmittelvorräte für den bevorstehenden Winter verloren.

Für die kampferfahrenen Belagerer von Tintagel war das eine bitterböse Kunde, denn ohne Nachschub konnten sie sich in dem fremden Lande nicht lange halten. Zum Hunger kam noch ein kalter, lang anhaltender Regen, der die Lage der Sachsen weiter erschwerte. Horsa, der Anführer des fremden Kriegsvolkes, wußte, daß ihn nur eine rasche Entscheidung vor der Niederlage retten konnte, und diese suchte er nun mit aller Gewalt zu erzwingen. Noch nie im Leben war König Arthur so hart bedrängt worden wie jetzt auf Tintagel, der Burg, in der einst seine Wiege gestanden hatte.

Um die auf den Schiffen verbrannten Vorräte zu ersetzen, schickte Horsa kleine und auch größere Gruppen von Kriegern zum Plündern ins Land hinein. Diesen Raubzügen war indes nur ein geringer Erfolg beschieden, denn Eisenherz war mit seinen Kelten fast immer zur Stelle, wenn irgendwo Sachsen auftauchten. Die kleineren Horden wurden aufgerieben, den größeren dagegen ließ er alles aus dem Wege räumen, was irgendwie eßbar war.

Auf solche Weise geriet das Heer der Sachsen, das doch ganz Britannien erobern wollte, immer tiefer ins Mißgeschick. Bevor es zum völligen Zusammenbruch kam, ließ Horsa seine Häuptlinge rufen und befahl ihnen den Abbruch der aussichtslos gewordenen Belagerung.

Am anderen Morgen, noch vor Sonnenaufgang, wurde Arthur durch die Nachricht überrascht, daß die Sachsen abgezogen seien. Er stieg sofort auf den Hauptturm, wo ihm die Wächter voller Freude das leere Belagerungsfeld zeigten. Der König traute dem Frieden zwar noch nicht so recht, ließ sich aber beruhigt zum Frühstück nieder. „Wenn die Sachsen wirklich weg sind“, so meinte er, „dann werden wir vermutlich bald etwas von Eisenherz hören.“

„Man hört ihn schon“, antwortete da eine helle Stimme. Unter der Türe stand ein abgerissener Krieger, an dem nur noch die strahlenden Augen und das frohe Lachen den Prinzen erkennen ließen.

„Wir haben in der Nacht Gefangene gemacht, Herr König. Die Sachsen wollen nach Camelot ziehen, das sie unbeschützt glauben!“

Nach einem eingehenden Kriegsrat ließ Arthur die wenigen, im Hafen liegenden Schiffe seeklar machen und mit soviel Kriegern besetzen, wie sie überhaupt nur fassen konnten. Diese kleine Streitmacht wollte er nach Camelot bringen, das er auf dem Wasserweg noch vor dem langsam marschierenden Sachsenheer zu erreichen hoffte.

Mit allen übrigen Kriegern heftete sich Eisenherz dem Feind an die Fersen, ohne den Kampf jedoch unmittelbar zu suchen; er wollte nur verhindern, daß den Sachsen die so dringend benötigten Lebensmittel in die Hände fielen.

Auf seinem Marsch durch Cornwall glich das Sachsenheer einem schwerverwundeten und schon dem Tode nahen Tier. Horsa folgte dem Lauf der fruchtbaren Täler und hoffte immer noch, daß er sich aus eigener Kraft helfen könne. Wo er jedoch hinkam, da waren die Herden schon weggetrieben und die Vorräte in Sicherheit gebracht. Die schwarzen Moore von Cornwall boten den Kelten genug Verstecke, in die sich ein Fremder nur unter Lebensgefahr wagen durfte. Versuchten die Feinde in ihrer Not trotzdem, in diese Unwegsamkeit einzudringen, so wurden sie in die Sümpfe gelockt, wo ihnen leicht ein Hinterhalt gelegt werden konnte. So mußten sie einen Nadelstich nach dem anderen hinnehmen, ohne sich ernstlich dagegen wehren zu können.

Als die der Zahl nach immer noch stark überlegenen Sachsen weit genug geschwächt waren, griff sie der Prinz mit seinen Reitern auch offen an, wo immer sich eine Gelegenheit dazu bot. Bei diesen überraschenden Vorstößen, deren Schauplatz sich nie voraussagen ließ, erlitten die Sachsen ihre schwersten Verluste. Mit ihrer Sicherheit war es jetzt endgültig vorbei.

Das langsame Sterben des Heerwurmes war etwas Schreckliches. Die Krieger sahen aus wie die Vogelscheuchen und konnten ihren Weg nur noch mühselig fortsetzen. In dieser aussichtslosen Lage änderte Horsa abermals seine Pläne. Er ahnte, daß er Camelot mit diesen abgezehrten Männern nicht mehr erreichen würde, und beschloß deshalb, das wesentlich näher gelegene Plymouth anzugreifen. In dieser reichen Hafenstadt hoffte er, nicht nur die so dringend benötigten Lebensmittel zu finden, sondern auch Schiffe, mit denen er die Reste seines einst so stattlichen Heeres über die Nordsee retten konnte.

Eisenherz erkannte die geänderte Marschrichtung natürlich sofort und erfuhr von eingebrachten Gefangenen auch bald, was Horsa damit im Schilde führte. Da höchste Eile not tat, gab er den Befehl ab und sprengte allein nach Süden, um die tödlich bedrohte Stadt zu warnen.

Der Vorsprung, den der Prinz vor dem sich langsam dahinschleppenden Heer gewann, betrug mehrere Tage und genügte, um in Plymouth die notwendigen Abwehrmaßnahmen zu treffen.

Als die Sachsen die Stadt endlich erreichten, fanden sie nur noch leere Häuser und Lager vor.

Weit draußen auf der Reede schwammen die Schiffe, unerreichbar für jeden, der nicht selber eine Flotte besaß. Diese Schiffe bargen nicht nur die Frauen und Kinder und Greise aus Plymouth, sondern auch die Lebensmittel, nach denen Horsa getrachtet hatte. In seiner ersten Wut ließ der Sachse die Stadt in Brand setzen, doch half ihm das auch nicht weiter.

Eisenherz hatte die noch aus der Römerzeit stammende Zitadelle von Plymouth mit allen wehrfähigen Männern besetzt und zur Verteidigung eingerichtet. So konnte er abwarten, was Horsa weiter unternehmen würde.

Seiner wilden Natur entsprechend, entschloß sich der Sachse noch einmal zum Angriff. Die Männer stürmten todesmutig gegen die Feste, doch ohne vorbedachten Plan, und erlitten dabei ungeheure Verluste. Was mit dem Leben davonkam, zog sich ungeordnet ins Hinterland zurück.

Die Könige von Cornwall, die ihren Verrat an König Arthur wiedergutmachen wollten, übernahmen freiwillig die Aufgabe, die gruppenweise verstreuten Reste der Sachsen am Sammeln zu hindern. Das war ein schwieriges, aber nicht aussichtsloses Unterfangen.

Noch lange Zeit nach diesem Beschluß wurden einsame Gehöfte von umherziehenden Banden bedroht, doch die Bauern waren auf der Hut und wachten über die sauerverdienten Früchte ihrer Arbeit. Unter diesem Druck ließen sich die Sachsen schließlich in bis dahin unbesiedelten Gebieten nieder, wo sie Hütten errichteten und das Land zu bestellen begannen.

Ehe diese Entwicklung ganz abgeschlossen war, erhielt Eisenherz einen neuen Auftrag. Die Sachsengefahr war zunächst zwar gebannt, aber König Arthur wußte, daß sie wiederkehren würde, und wollte sich deshalb den Frieden mit den auf Irland lebenden Kelten sichern. Das war eine fast unlösbare Aufgabe, denn die Iren konnten nicht einmal unter sich selber Frieden halten; sie waren überhaupt ein schwerverständliches Volk, bei dem Dichtkunst und Musik Hand in Hand mit kalter Grausamkeit gingen.

So hatte der Prinz schon auf der Überfahrt seine Sorgen. Er grübelte lange darüber nach, wie er, ein Fremder, der noch nicht einmal Kelte war, mit diesen Menschen umgehen sollte, und tröstete sich schließlich mit dem Gedanken, daß ihm zur rechten Stunde schon das Rechte einfallen werde. Einige Erfahrungen hatte er ja bereits mit diesen Iren.

Die Reise nach der Grünen Insel dauerte nur wenige Tage. Als das Boot in einer geschützten Bucht vor Anker ging, wurden die Ankömmlinge schon von einer Schar bewaffneter Männer erwartet.

„Wir kommen in Frieden, um mit euren Häuptlingen zu verhandeln", rief Eisenherz den Iren zu. Dann gewahrte er einen nicht eben friedfertig dreinblickenden Mann und fügte hinzu: „Es sei denn, unter euch wäre einer, der den Frieden mit uns nicht wünscht!"

„Friede ist gut für alte Weiber", grinste da der Angesprochene. „So feine Waffen wie du habe ich zwar nicht, aber die brauche ich auch nicht, um einen bartlosen Jüngling in zwei Stücke zu brechen!"

„Und um einen groben Klotz wie dich windelweich zu prügeln, brauche ich überhaupt keine Waffen“, sagte der Prinz und legte seine Rüstung ab. Im Vertrauen auf seine Fäuste, deren Gebrauch ihm von Gawain beigebracht worden war, tat Eisenherz einen Schritt vorwärts und schwang seine Rechte gegen das Kinn des Iren. Der rauflustige Mann kannte sich jedoch aus; er nahm den Kopf blitzschnell weg, und so streifte ihm die geballte Faust nur noch den Bart. Im Zurückpendeln bekam der bärenstarke Ire des Prinzen Gürtel so zu fassen, daß er den jungen Ritter ohne sonderliche Mühe aus dem Stand heben konnte. Eisenherz flog in den Sand, und über ihm schwebte sein Gegner, der ihm beidfüßig und mit voller Wucht auf den Magen springen wollte.

In dieser bedrohlichen Lage wandte der Prinz einen Beingriff an, den er schon so oft geübt hatte, daß er ihm auch jetzt wieder gelang. Ehe sich's der grobe Ire versah, lag er selber auch im Sand.

Im Nu standen beide wieder auf den Beinen und setzten den Kampf mit den Fäusten fort. Des Prinzen wuchtige Schläge hätten wohl einen Stier fällen können, gegen den vierschrötigen Iren brachten sie ihm jedoch keinen sichtbaren oder gar entscheidenden Vorteil ein. Die Zuschauer aus beiden Lagern verfolgten die hitzige Auseinandersetzung mit wachsender Spannung. Nach einem Untergriff des Iren, den Eisenherz mit einer Halsklammer erwiderte,

gingen beide zu Boden. Der Prinz sprang zuerst wieder auf, aber sein Gegner hatte nun in jeder Hand einen Stein. Das war nicht gerade fein von dem starken Mann, und die Strafe folgte auch auf dem Fuß. Ein Beinschlag traf den Iren so wuchtig unters Kinn, daß er die Steine festzuhalten vergaß. Im nächsten Augenblick unterlief der Prinz seinen Gegner, wirbelte ihn kurz herum und schleuderte ihn in die Brandung. Da der Muskelprotz nicht schwimmen konnte, mußte er sich zum Schluß von Eisenherz sogar noch retten lassen.

Dieses anständige Verhalten des Prinzen entgiftete die Atmosphäre. Einige Krüge Wein, die Eisenherz aus dem Schiff holen ließ, taten das ihrige, und so entstand zwischen den vorherigen Gegnern rasch eine handfeste Männerfreundschaft. Damit hatte der Gesandte König Arthurs den ersten Schritt zu seinem Ziel auf eine Art getan, die ihm eine Stunde früher noch nicht einmal im Traum eingefallen wäre.

Der Prinz wurde gebeten, in der nahen Burg des Iren einzukehren — eine Aufforderung, der er gerne nachkam; denn er hoffte bei dieser Gelegenheit noch manches über die Verhältnisse auf der Insel zu hören, was ihm bei der Durchführung seines Auftrages nützlich sein konnte.

Unterwegs erfuhr Eisenherz, daß sein Gastgeber Brian O'Curry heiße und das Oberhaupt eines einflußreichen Stammesverbandes sei. Aus allem, was der Ire sonst noch von sich selber berichtete, mußte Eisenherz schließen, daß sein neuer Freund in einer stattlichen Burg hause; er war deshalb etwas enttäuscht, als er vor dem zwar stark befestigten, sonst aber wenig anziehenden Bauwerk stand.

So dürftig wie von außen her, zeigte sich die Burg auch im Inneren. Eisenherz mußte sich mit einer kahlen, feuchten Kammer begnügen, denn mehr konnte ihm der Hausherr nicht bieten. Dafür zeigte sich Brian in anderen Dingen sehr aufmerksam. Ein Knecht brachte eine Waschschüssel und half dem Gast höflich beim Ablegen der Rüstung. Auch an des Prinzen Unterhaltung hatte der Ire gedacht; er schickte ihm einen Harfenspieler in die Kammer, der Eisenherz die Zeit bis zum Essen vertreiben half. Bald darauf wurde zu Tisch gerufen.

Das Nachtmahl war einfach zubereitet, und die dazu gereichten Getränke brannten höllisch in der Kehle. Wunderbar klangen dagegen die Heldenlieder, die von den keltischen Barden zur Harfe gesungen wurden. Selbst am Hofe König Arthurs hatte Eisenherz noch keine solchen Klänge vernommen.

Am Gesindetisch vergnügte man sich auf derbere Art. Bei Meinungsverschiedenheiten wurde immer gleich zugeschlagen, doch störte das niemand, solange nur noch die Musik zu hören war.

Am anderen Tag berichtete der Prinz seinem Gastgeber über den Auftrag, der ihn nach Irland geführt hatte, und bat O'Curry gleichzeitig, ihm die Bekanntschaft des Königs zu vermitteln, der zur Zeit als der mächtigste galt.

„Das wäre Rory MacColm, der von seiner Burg auf dem Felsen von Cashel aus mit schwerer Hand über die anderen Könige Irlands regiert!"

„Freilich“, so fuhr Brian fort, „könnte sich manches Unwetter zusammenbrauen, wenn ich Euch zu Rory führe. Aber sei's drum, wir raufen ganz gerne.“ Nach dieser Feststellung wies O'Curry seine Leute an, sich am folgenden Tag für den Besuch von Cashel bereitzuhalten.

Bei Beginn des Marsches gewahrte der Prinz, daß sich Brians Sippe auffallend feingemacht hatte; die Waffen blinkten wie Silber, und die Mäntel waren aus schön gefärbtem Tuch.

„Ich muß gestehen“, erklärte der Ire schmunzelnd, „daß auf Cashel in den nächsten Tagen ein Volksfest abgehalten wird, das wir ohnehin besuchen wollten. Wir haben uns also nicht umsonst so feingemacht.“

Unterwegs begegneten sie einem ähnlich aufgeputzten Zug. „Das sind die ungewaschenen Hammeldiebe von Wexford“, rief Brian. „Mäntel aus und Waffen 'raus! Haut drein, daß die Fetzen fliegen, dann wird heute nacht so mancher Floh heimatlos sein!“

Der Anführer der Wexfordsippe feixte verächtlich. „Wir sind gut vorbereitet. Der Wind hat uns euren üblen Geruch schon vor einer Stunde zugetragen. Warum aber braucht Brian O'Curry einen fremden Ritter zur Hilfe? Ist er mit dem Mund vielleicht tapferer als mit dem Schwert?“

„Seid so gut und geht zur Seite, Prinz“, sagte Brian, „dann könnt Ihr zusehen, wie die ängstlichen Karnickel schon nach den ersten Streichen davonlaufen.“ Danach wandte er sich seinem Gegner zu. „Du hast fünfzig Leute, ich aber nur vierzig. Laß' also gefälligst zehn Männer wegtreten und die Krähen verscheuchen, damit wir endlich anfangen können.“

Eisenherz bestieg einen nahen Hügel, um sich den Kampf von oben anzusehen. Dort traf er einen würdigen Greis, der die gleiche Absicht zu haben schien. Als sich der Prinz vorgestellt hatte, sagte der Fremde: „Der Heilige Vater hat mir den Namen Patricius gegeben, hier aber nennt man mich Patrick, den Missionar.“

Inzwischen begann es zu regnen. Die feindlichen Gruppen unten stritten immer noch mit der Zunge. „Wird denn der Kampf überhaupt nicht beginnen?“ fragte der Prinz.

„Habt nur Geduld“, lächelte der Missionar. „Manchmal beschimpfen sie sich stundenlang so, um in die rechte Stimmung zu kommen.“

Während der Ruhe vor dem Sturm erzählte der Prinz, welcher Auftrag ihn nach Irland geführt habe und was er auf Cashel erreichen wolle.

„Dann sind wir Verbündete“, sagte Patrick. „Ich liebe die Menschen dieses Landes und bete täglich für ihren Frieden, obwohl sie mich zuerst grausam behandelt und sieben Jahre lang als Sklaven gehalten haben.“

Das geruhsame Gespräch auf dem Hügel wurde jäh durch ein schreckliches Geheul unterbrochen; der so lang hinausgezögerte Kampf hatte nun wirklich und mit einer kaum vorstellbaren Wildheit begonnen. Bald mischte sich mit dem niederströmenden Regen das dampfende Blut der Getroffenen.

Fast eine Stunde verging so, bis die Männer vom Dreinschlagen und vom Blutverlust müde wurden. Trotzdem dachte keine Partei daran, den ohne jeden vernünftigen Grund begonnenen Kampf aufzugeben.

„Jetzt reicht es aber", sagte da Patrick zum Prinzen. „Wir müssen der sinnlosen Raserei ein Ende bereiten."

„Sollen eure Witwen diese Nacht durchweinen? Wollt ihr eure armen Kinder unbedingt zu Waisen machen?" Mit diesen Worten fuhr der Missionar unter die unentwegten Streithähne und erreichte tatsächlich, daß das Blutvergießen wenigstens kurz unterbrochen wurde.

Und Patrick sprach weiter.: „Wenn euch die Sippenehre so viel wert ist, dann sollen eure Anführer den Streit doch in einem Zweikampf austragen."

Dieser Vorschlag fand den Beifall beider Seiten. Die Männer steckten ihre Waffen weg, trugen die Verwundeten zur Seite und bildeten einen großen Zuschauerkreis, in dem sich die feindlichen Oberhäupter gegenübertraten.

Patrick atmete auf, denn er wußte, daß er die blutige Fehde zwischen den beiden Stämmen auf andere Weise nicht hätte beenden können.

Die Aussicht auf ein Duell zwischen O'Curry und Sutton, so hieß der Anfuhrer der Wexfordsippe, versetzte die Iren in helle Begeisterung; sie mußten indes eine gute Weile auf ihr Schauspiel warten, denn die beiden Raufbolde beschimpften sich zuerst noch einmal ausgiebig.

Endlich begann dann der Kampf. Brian schien an Kraft überlegen zu sein; dafür bewegte sich Sutton schneller auf den Beinen.

Im ganzen waren sich die beiden Gegner etwa ebenbürtig, und so kam es zu einem gewaltigen Treffen, das lange unentschieden hin und her wogte. Bald gab der weiche Torf unter den Füßen der Streiter nach. Sutton stolperte, und da fuhr ihm Brians Schwert in den Helm.

Der Getroffene stürzte vollends zu Boden und jammerte: „O weh! Du hast mich erschlagen, Brian O'Curry, und die Jahre unserer fröhlichen Kämpfe sind nun dahin. Bis aufs Ohr ist mein Schädel gespalten . . . ich sterbe . . . leb wohl du schöne Welt . . . leb wohl auch du, du mein geliebter Feind!"

Diese Worte trieben Brian die Tränen der Rührung in die Augen. Er zog Suttons Kopf an seine Brust und sprach: „Wie langweilig wird es doch auf dieser Erde sein, wenn wir beide nicht mehr miteinander streiten können."

Dem Prinzen kam das alles reichlich seltsam vor, zumal Sutton nicht gerade den Eindruck eines in den letzten Zügen liegenden Mannes machte. „Ich glaube kaum", sagte er beim Nähertreten, „daß so ein irischer Dickschädel von einem einzigen Schwertstreich ernstlich verletzt werden kann. Da, schaut hin! Dem guten Sutton ist ja nur die Haut geritzt!"

Mit dieser tröstlichen Feststellung war auch die Stunde der Versöhnung gekommen. Die Männer schlugen die mitgebrachten Zelte auf und schleppten große Kannen herbei.

„Kommt mit mir, und verbringt die Nacht in meinem Zelte", meinte da Patrick und deutete auf die beiden Streithähne. „Wenn solche Feinde sich beim Honigbier versöhnen, dann pflegt es gewöhnlich lauter herzugehen, als andere Leute vertragen können. In meinem Zelt dagegen findet Ihr Ruhe."

Während ein Teil der Männer noch an den Zelten arbeitete, begannen die übrigen schon die Versöhnung zu feiern. Brian hatte sich einen großen Zinnbecher mit Met füllen lassen; Sutton dagegen stärkte sich aus einem Stierhorn. Der Prinz folgte also dem Missionar.

Wie alle anderen, so verfiel auch Eisenherz rasch dem Zauber des alten Mannes. Patricks Lager war unerwartet groß: Die Zelte boten Platz für Köche, Schreiber und Musiker, für Jungpriester und Schüler, für Baumeister und sonstige Handwerker. Der Missionar brauchte dieses Gefolge, denn er ließ überall, wo er predigte, auch gleich mit dem Bau einer Kirche beginnen.

In einem Gespräch, das bis tief in die Nacht hinein dauerte, erfuhr der Prinz noch mancherlei Wissenswertes über die Grüne Insel und ihre Menschen. „In diesem schönen Lande", erklärte ihm der Missionar, „dünkt sich fast jeder

Stammeshäuptling selbst ein König. Jeder Clan, so werden hier die Stämme genannt, eifert mit den anderen und bekämpft sie ebenso wie jeder König seinen Nachbarkönig. Sollte es je einem fremden Volke einmal einfallen, in böser Absicht auf unserer Insel zu landen, dann werden sie alle tot oder Sklaven sein, noch ehe jemand daran denkt, daß man sich auch gemeinsam wehren könnte. Ich hoffe aber, daß es mir im Laufe der Jahre, die mir noch gegönnt sind, mit Gottes Hilfe gelingen wird, alle Iren unter dem Mantel des Christentums und der Nächstenliebe zu vereinigen."

Hierzu berichtete der Prinz, daß sich König Arthur um Britannien ähnliche Sorgen mache, besonders wegen der immer wieder einfallenden Sachsen, denen auf die Dauer nur ein geeinigtes Keltentum die Stirne bieten könne.

Während dieser ernsten Unterhaltung drang aus der Ferne immer wieder der Lärm der zechenden Stämme in das Zelt des Gottesmannes. „So sind sie halt, meine Iren", lächelte Patrick milde. „Ausschweifend bei jeder Gelegenheit, aber im Grunde genommen doch gute Menschen."

Unter diesen Gesprächen wurde die Nacht auch für den Prinzen kurz. Am Morgen brauchte er sich trotzdem nicht zu beeilen, denn die Iren schliefen nach dem langen Trinkgelage bis in den hellen Tag hinein. Als sie dann endlich aufbrachen, sahen Brian und Sutton samt ihrem Gefolge noch recht mitgenommen aus; es war freilich schwer zu entscheiden, ob dieser katzenjämmerliche Zustand von dem gestrigen Kampf oder von dem vielen Honigbier herrührte. Suttons Brummschädel war vermutlich auf beides zurückzuführen.

Patrick begleitete den Zug noch ein gutes Stück Weges und verabschiedete sich dann sehr herzlich. „Lebt wohl, Prinz Eisenherz", sprach er. „Ich wünsche Euch einen guten Erfolg. Vielleicht sehen wir uns noch einmal, ehe Ihr unsere schöne Insel verlaßt. Und noch eins: Hütet Euch vor diesem Rory MacColm, der Mann ist heimtückisch und gefährlich!"

Auf dem Weiterweg begegneten den beiden Sippen andere Scharen, die gleich ihnen nach Cashel strömten, um an dem großen Volksfest und der damit verbundenen Beratung der Clanhäuptlinge teilzunehmen.

Schließlich erreichten sie die weite Ebene von Cashel, an deren jenseitigem Rande ein Hügel lag, der überall im Land nur der „Fels" genannt wurde. Die stolze Burg, die er trug, war schon seit Menschengedenken der Krönungsort der irischen Könige und galt als völkisches Heiligtum.

Dem Prinzen erschien der Anblick so großartig und eindrucksvoll, daß er bewundernd seine Schritte verhielt. Unterhalb der Burg leuchtete das bereits errichtete Zeltlager in allen Farben des Regenbogens, und es war lustig anzuschauen, wie die Fahnen der Gäste im Winde flatterten.

Das Volksfest schien schon begonnen zu haben. Man hörte aus der Ferne Musik und fröhlichen Stimmenlärm; auch trug der Wind den verführerischen Duft eines Spießbratens herüber.

Auf der Burg wurde Eisenherz alsbald zu einem Kammerherrn gebracht, dem er seinen Wunsch nach einer Unterredung mit König MacColm vortragen konnte. Während des kurzen Gespräches erkannte der Prinz, daß seine Aufgabe noch viel schwerer war, als er ohnehin gedacht hatte. Aus vielen Erfahrungen wußte er, daß Diener gerne das Benehmen ihrer Herren nachahmen. Wenn das auch hier der Fall war, hatte Eisenherz auf Cashel nichts Gutes zu erwarten. Der Kammerherr gebärdete sich nämlich recht anmaßend und schaute, ohne sich zu erheben, geringschätzig auf den Abgesandten.

Nach der kurzen, unerfreulichen Unterredung besuchte Eisenherz den mit dem Volksfest verbundenen Markt, auf dem alles käuflich war: Stecknadeln, Haustiere, Sklaven und selbst die Gunst eines Königs.

Bis der Prinz zu Rory gerufen wurde, vergingen noch mehrere Tage. Der Diener, der ihn abholte, wies ihn auf dem Weg zum Thronsaal barsch darauf hin, daß sein Herr nur wenige Minuten opfern wolle, um sich die Botschaft König Arthurs anzuhören. Das war kein gutes Vorzeichen.

Als Eisenherz dann vor dem Thronsessel stand, erhob sich daraus ein großer, ebenmäßig gewachsener Mann in den besten Jahren. Das stolze Gesicht, seine mutige Haltung und jeder Zoll an ihm schienen einem richtigen König zu entsprechen. Doch das schien eben nur so. Beim näheren Zusehen entdeckte Eisenherz, daß der Stolz nur Anmaßung und der Mut nur Wildheit sein konnten. Dieser Mann war kein König, sondern ein Tyrann.

„Um welche Gunst will mich dein großmächtiger König denn bitten?" wollte Rory mit kränkendem Hochmut wissen.

„Nicht bitten! Herr Arthur verlangt, daß Ihr endlich mit Euren Raubzügen an die britische Küste aufhört!" erwiderte der Prinz gelassen.

„Schön, er verlangt! Und welchen Tribut will dein großmächtiger König zahlen, damit Irlands Krieger zu Hause bei ihren Weibern bleiben?"

Nach dieser Antwort herrschte in der Halle betroffenes Schweigen. Der Prinz behielt aber auch jetzt noch seine Ruhe und sagte nur: „Keinen!"

Diese nicht mißzuverstehende Antwort jagte die Zornesröte in Rorys Gesicht. Aus seinen Augen zuckte ein Blitz, der das Schlimmste erwarten ließ. Der Prinz war indes so leicht nicht einzuschüchtern; er trat mutig einen Schritt vor und antwortete mit fester Stimme: „Seit über hundert Jahren werden von dieser Insel aus die Küsten Britanniens grausam heimgesucht. Bisher konnten wir uns gegen die Überfälle wehren, aber jetzt braucht König Arthur jeden waffenfähigen Mann, um die von den Sachsen drohende Gefahr abzuwenden. Unsere ganze Westküste ist unverteidigt!"

Rory stand auf und höhnte: „Arthur ist ein altes Weib. Er bittet um die Einstellung der kleinen Ausflüge und gibt gleichzeitig zu, daß er sich nicht dagegen wehren kann!"

„Ihr sprecht unbedacht“, erwiderte Eisenherz mit einem drohenden Unterton. „Sollten die Sachsen jemals Britannien erobern, dann dürfte ihr nächstes Ziel Eure Insel sein. Herr Arthur hat sie bis jetzt aber noch immer besiegt und wird sie auch künftig besiegen. Beim letzten Kampf haben wir die Sachsenflotte vernichtet, beim nächsten werden wir dafür sorgen, daß sie uns unversehrt in die Hände fällt. Bedenket wohl, was das bedeutet: hundert Schiffe, bemannt mit Kriegern, deren Heimat Ihr verheert habt, könnten zur Vergeltung nach Irland fahren! Ich möchte dann nicht in Eurer Haut stecken!“

„Du wagst es, mir zu drohen?“ brauste da der König auf und schob seine Ratgeber weg, die ihn vor einer Unbesonnenheit bewahren wollten.

„Ich stelle lediglich Tatsachen fest“, antwortete der Prinz. „Wir haben Euch die Hand zum Frieden geboten, die gleiche Hand kann aber auch das Schwert führen, wenn es gilt, den Frieden zu erzwingen. Ganz wie Ihr wollt! Ihr habt die Wahl!“

Nach diesen Worten ließ sich Rory von seinen Ratgebern nun doch in den Sessel drücken. Dort saß er in einer gar nicht königlichen Haltung und schnaufte vor Erregung so, daß er kein Wort herausbringen konnte. Eisenherz trat drei Schritte zurück und wartete. Schließlich flüsterte Rory dem Mann zu seiner Rechten etwas zu, worauf dieser verkündete:

„Seine Majestät, König Rory MacColm, der mächtigste König über alle Könige von Irland, wird sich den Fall in einer Mußestunde überlegen. Ihr könnt jetzt gehen!“

Beim Verlassen des Saales beobachtete der Prinz manch zustimmendes Kopfnicken. Mehr hatte er für den Anfang nicht erwartet, und er war sich auch klar darüber, daß sein Leben nach dieser Auseinandersetzung an einem seidenen Faden hing. Wahrscheinlich weniger wegen eines offenen Angriffs als infolge einer Heimtücke. Eisenherz beschloß deshalb, den Rat seines Freundes Brian einzuholen.

„Du bist immerhin als Gesandter Britanniens empfangen worden“, meinte dieser, „und wirst als solcher in der Burg wohnen. Aber hüte dich! Bleibe immer in der Nähe der anderen, und lasse dich vor allem nicht auf einem dunklen Gang erwischen. Ich möchte sonst auf keinen Fall in deiner rosigen Haut stecken!“

Beim Abendessen wurde Eisenherz an das untere Ende der Tafel verwiesen, wo die geringeren Vasallen, die Spielleute und die Reimeschmiede saßen. Diese Demütigung steckte König Arthurs Gesandter scheinbar gelassen ein. Wer ihn allerdings genauer kannte, dem konnte ein gefährliches Lächeln um seine Lippen nicht entgehen.

Die Gastlichkeit der irischen Könige war berühmt. Rory bildete allerdings eine Ausnahme; denn er gönnte seinen niederen Gästen selbst an festlichen Tagen nicht einmal genügend Fleisch und Met. Über diesen Geiz murrten die allzeit hungrigen Sänger und Poeten am Tisch, zumal es am oberen Ende der Tafel, wo der König saß, genug zu essen und noch mehr zu trinken gab.

Rory bemerkte das unzufriedene Gemurmel auf der anderen Seite und sagte verächtlich: „Klagt hier vielleicht jemand über ein geschenktes Mahl? Dann nehmt euch ein Beispiel an diesem jungen Mann da, den uns König Arthur geschickt hat. Dem reicht es, der klagt nicht!"

Nach dieser Beleidigung eines königlichen Gesandten verbreitete sich eine peinliche Stille über den Saal. Eisenherz, der immer noch lächelte, stand auf und sprach: „Ich denke auch nicht daran zu klagen, Herr, denn an meinem Ende der Tafel wird auf ein königliches Betragen offenbar mehr Wert gelegt als bei Euch da oben."

„Das wirst du mir mit dem Leben bezahlen!" kreischte da Rory auf, wobei ihm die Wut wieder einmal die Stimme verschlug. „Wäre ich nicht der König, ich würde dich mit meiner eigenen Hand erschlagen!"

„Tut langsam! Ich bin ein Prinz aus königlichem Geblüt, und meine Väter trugen schon Kronen, als die deinen noch Schweine hüteten. Du mußt also eine bessere Ausrede erfinden, wenn du zu feig bist, um selbst zu kämpfen!" Nach diesen harten Worten schwieg der Prinz, aber seine Augen hatten jetzt einen Ausdruck, der jedem Furcht einflößte.

Auch Rory schwieg. Er sann auf Mord. Die Worte, die da an der Tafel gefallen waren, konnten nur durch den Tod ausgelöscht werden.

Das „Singende Schwert" fuhr klirrend aus der Scheide. Eisenherz stand bereit, und Rory blieb nun kaum noch eine Wahl. Wenn er die ihm zugefügte Schmach jetzt nicht mit eigener Hand sühnte, war er als König erledigt. Sein Blick ging über die enge Bühne, auf der gekämpft werden sollte. Dann legte er mit einem krampfhaften Lächeln das Schwert zur Seite und nahm statt dessen ein kurzes Schlachtbeil. Eisenherz, der über eine so wendig zu führende Waffe nicht verfügte, hatte dadurch einen Nachteil. Dafür war er in anderen Dingen überlegen. Sein Vorteil lag vor allem in der größeren Behendigkeit und in der kühlen Berechnung, mit der er abwarten konnte, bis sich der Gegner eine Blöße gab oder auf eine Finte hereinfiel.

Als der wilde Kampf begann, versuchte der Prinz, möglichst dicht an seinem Gegner zu bleiben. Bei der Enge des Raumes war das ein schwieriges Unterfangen. Eisenherz konnte seine Beweglichkeit auf der schmalen Bühne nicht ausspielen und wurde so zurückgedrängt, daß die Spitze seines Schwertes die Wand streifte.

Rory triumphierte; seine Rechnung mußte aufgehen. Wenn er nur noch einen einzigen Schritt nach vorwärts erzwingen konnte, dann war die Waffe des Gegners ausgeschaltet. In diesem bösen Augenblick, da die Niederlage schon besiegelt schien, fand Eisenherz aber doch noch einen Ausweg, indem er einen letzten, mächtigen Schlag gegen Rorys goldverzierten Helm führte.

MacColm riß seinen Schild zur Deckung hoch und konnte so den Hieb gerade noch auffangen. Nun hätte der Prinz seine Waffe zurückziehen müssen, doch tat er das nicht, sondern wartete, bis Rorys Kopf wieder aus der Deckung auftauchte. Dann stieß er kurz zu und brachte dem König einen kleinen Stich über den Augen bei. MacColm gab erschrocken Raum. Das rinnende Blut nahm ihm die Sicht; er wich noch weiter zurück, und da traf ein leicht, aber geschickt geführter Schlag seine Schwerthand.

Danach geschah etwas völlig Unerwartetes. Rory, der Mann, der König über alle Könige sein wollte, wurde aschgrau im Gesicht und zeigte plötzlich keine Spur von Wildheit mehr. Bei diesem Anblick brüllten die Zuschauer: die einen aus Sorge um ihren König, die anderen dagegen vor Lachen, denn an der verwundeten Hand fehlte nur das Gipfelchen des kleinen Fingers!

MacColm hatte allem Anschein nach genug vom Kampf mit der Waffe, aber seine Zunge konnte er noch tüchtig gebrauchen. Während er die blutende Hand mit der Linken umklammerte, rief er der johlenden Menge wütend zu: „Hütet euch! Noch bin ich König und habe die Macht über euch alle!"

Eisenherz wunderte sich darüber, daß ein erwachsener Mann, der doch soeben einen auf Leben und Tod gehenden Kampf nur wegen einer kleinen Fingerwunde aufgegeben hatte, so großspurig daherredete.

Ein Teil der in der Halle versammelten Männer teilte diese Verwunderung offenbar nicht. Der Prinz merkte nämlich bald, daß sich auch gegen ihn zornige Rufe erhoben. Selbst einige Männer, die Eisenherz als verschworene Feinde Rorys kannte, zeigten sich verstimmt über die Niederlage des obersten Königs aller Iren. In der Halle teilten sich die Lager.

Dieser Umschwung bedeutete eine neue Gefahr. Doch da erhob sich aus dem Hintergrund der Halle eine befehlende Stimme. Patrick, der Missionar, war erschienen und sprach zur Menge: „Rory MacColm ist bisher nur aus eigener Machtvollkommenheit euer König. Die Ratsversammlung muß ihn noch bestätigen oder aber einen Würdigeren berufen!"

Danach betrat Patrick den erhöhten Platz, auf dem der Kampf stattgefunden hatte, und fuhr fort: „Nach den Gesetzen eurer Väter soll ein König nicht nur tapfer, sondern auch ohne Schandmal sein . . .! Kann man das von Rory nach diesem Zweikampf noch behaupten? Der junge Ritter aus Britannien hat die Wahrheit gesprochen. Wir haben die Feindschaft unserer bedrängten Nachbarn durch unser eigenes Verhalten wahrhaftig verdient. Wenn die Briten einmal zurückschlagen sollten, wäre es für jede Reue zu spät!" — Das war das erste und auch das letzte Mal, daß sich der Missionar in die inneren Angelegenheiten des Staates einmischte.

In der Halle trat feierliche Stille ein. Die Iren begriffen allmählich, warum es auf lange Sicht doch klüger sei, dem Nachbarn nicht in den Rücken zu fallen. Vernünftige Stimmen erhoben sich aus der Versammlung, und schließlich einigte man sich darauf, König Arthur und sein Volk vorläufig unbehelligt zu lassen.

Während in der Halle noch lange weitergesprochen wurde, ging der Prinz unbemerkt davon; denn er glaubte nicht daran, daß Rory auf eine persönliche Rache verzichten werde.

In der Tat, wenn MacColm seinen Anspruch, der oberste König zu sein, noch aufrechterhalten wollte, dann mußte er sich irgendwie von seiner kläglichen Niederlage im Zweikampf reinigen. Eisenherz merkte auf dem Ritt zur Küste auch bald, daß er Rory richtig eingeschätzt hatte und zahlreiche Reiter hinter ihm her waren. Zum Glück brach um diese Zeit schon die Dämmerung ein.

Während der Nacht kamen die Boten König Arthurs in der Felsenwildnis etwas von ihrem Weg ab und erreichten die Landungsbucht deshalb auf der falschen Seite. Als es hell wurde, entdeckten sie ihr Schiff am jenseitigen Ufer vor Anker liegen.

In den Klippen gegenüber tauchten schon die ersten Reiter Rorys auf, das war jedoch weiter nicht schlimm, da das Boot nach Wikingerart ankerte und in kürzester Frist ablegen konnte. Ehe Rory mit seinem Vortrupp das Ufer erreichte, schwamm das Schiff schon weit draußen in der Bucht.

MacColm übersah die Lage sofort und hetzte seine Männer nach der anderen Seite, die sie allem Anschein nach noch vor dem Boot erreichen konnten.

Der Prinz durfte nicht daran denken, in dem für ihn ungünstigen Gelände gegen einen so zahlreichen Feind zu kämpfen; er wartete deshalb nicht ab, bis Verstärkung vom Schiff kam, sondern jagte mit seinen Begleitern die müden Pferde im Bereich der Küste weiter nach Norden.

Eine Zeitlang kamen sie gut voran, doch dann erreichten sie einen flachen aber breiten Fluß, dessen Bett so mit Felsen besät war, daß ihn die Pferde nicht begehen konnten. Da war nun guter Rat teuer, zumal landeinwärts schon einige der ortskundigen Verfolger auftauchten, die offenbar über besseres Gelände in einem großen Bogen zum Fluß geritten waren.

Ehe der Prinz übersah, wie er diese bedrohliche Lage meistern könnte, gewahrte er auf dem nächsten Felsblock einen großen, wolfsähnlichen Hund. Während das Geschrei von Rorys Männern näherkam, schaute Eisenherz nachdenklich auf das Tier. „Merkwürdig", sagte er schließlich. „Das ist doch ein Elchhund, so wie er bei uns in Thule zur Jagd verwendet wird. Sollten am Ende gar Wikinger in der Nähe sein?" — In der Hoffnung, daß diese Vermutung richtig sei, folgte er mit seinen Begleitern dem wegtrabenden Tier.

Als MacColm den verhaßten Feind auf die Klippen zureiten sah, frohlockte er. Nach seiner Meinung mußten sich die Verfolgten bald an der unwegsamen Felsenküste festgelaufen haben. Da auch ihr Schiff noch nicht zur Stelle sein konnte, würde es sicher nicht mehr lange dauern, bis dieser Prinz die Bekanntschaft der Folterknechte machen durfte.

Rory war so siegesgewiß, daß er sich jetzt schon in teuflischer Lust den qualvollen Tod des Mannes ausmalte, der es gewagt hatte, an seinen Thron zu tasten.

Während Eisenherz dem Elchhund zur Küste folgte, kamen ihm allmählich Bedenken darüber, ob seine Eingebung richtig gewesen sei. Die Gegend, in die das Tier den Prinzen führte, sah nicht nach einem Bootslandeplatz aus. Anders aber als mit einem seetüchtigen Schiff konnten Wikinger kaum auf die Insel gekommen sein. Doch war es für eine Umkehr nun zu spät; dazu lagen die Verfolger dem kleinen Häuflein schon viel zu dicht auf den Fersen.

Der Hund lief auf seiner eigenen Spur durch eine enge Schlucht zum Strand hinunter. Das gab dem Prinzen wieder etwas Hoffnung. Um dem Tier auch über das letzte Wegstück folgen zu können, mußte der Prinz allerdings seine Gefährten absteigen lassen. Die Kräfte der abgetriebenen Pferde waren diesem Felsensteig nicht mehr gewachsen.

Und dann verzog sich die Gefahr, die eben noch fast unabwendbar geschienen hatte, so plötzlich wie der Schatten einer einzelnen Wolke. Eisenherz atmete auf. Die Rettung war von einer völlig unerwarteten Seite gekommen...

Am Rande der kleinen Bucht, in die der Schluchtbach mündete, stand der einbeinige Gundar Harl, ein berühmter Schiffsbauer aus Thule und zugleich ein guter Freund des Prinzen. Sein schmuckes Boot hatte dicht beim Ufer angelegt, um die Süßwasservorräte zu ergänzen. Nun machte es nichts mehr aus, daß die Verfolger schon laut schreiend die Schlucht herunterstürmten. Ehe sie den Strand erreichten, schwamm Gundars Boot schon im freien Wasser.

So stürmisch wie er sie betreten hatte, so stürmisch verließ Eisenherz die Insel der Sänger und Harfenspieler auch wieder, womit er seine Verfolger sehr enttäuschte. Insbesondere Rory selber, der bis über die Knie ins Wasser hineinwatete und, da er seinem entwischten Widersacher nur noch grobe Schimpfworte nachwerfen konnte, seine Wut nun an den unschuldigen Wellen ausließ.

„Euer Freund scheint etwas aufgeregt zu sein", meinte Gundar schmunzelnd.
„Wohl möglich", gab der Prinz zu. „Jetzt, da du mich aufmerksam machst, kommt mir der Gute auch ein wenig gereizt vor."

„Durch welchen Zufall habt Ihr eigentlich mein Drachenboot gefunden?" wollte Harl erfahren. „Es lag doch in der kleinen Bucht so gut verborgen, daß es vom Land aus bestimmt niemand sehen konnte."

„Das will ich dir sagen, Harl. Als ich den Hund sah, da ahnte ich, daß Landsleute in der Nähe seien. Solche Tiere gibt es nur bei uns."

Nach einer kurzen Fahrt längs der Küste stießen sie auf des Prinzen Boot, dessen Besatzung getreulich auf die Rückkehr ihres Herrn gewartet hatte. Als die Schiffe weiterfahren wollten, gewahrte Eisenherz, wie sich ein kleines Boot von der Küste löste, in dem ein heftig winkender Mann stand.

Dieser Mann war O'Curry. Nach der stürmischen Begrüßung berichtete der Ire: „Du bist nicht nur entronnen, sondern auch erfolgreich gewesen. Patrick hat eingegriffen, und Rory ist nicht mehr unser König!" —

Nach der Überfahrt, bei der ihn Gundar noch ein Stück begleitete, erfuhr der Prinz auf Tintagel, daß sich König Arthur eiligst nach Camelot begeben habe, weil die Sachsen mit neuen Kräften, darunter auch ihre leichte Reiterei, schon wieder in die Grafschaften Kent und Sussex eingefallen seien.

Der Weg nach Camelot führte auf langen Strecken durch Moorland. An einem öden Platz, der im Volke Dozmary hieß, lag ein See. Dort wurde der Prinz von einem Hagelschauer überrascht und mußte anhalten.

Über die Landschaft verbreitete sich eine unheimliche Stimmung. Dicke Eisschloßen peitschten das Heidekraut und das vom Sturm aufgewühlte Wasser des Moorsees. Unmittelbar am Ufer stand eine schwarze, hochaufgerichtete Gestalt, deren Mantel gespenstisch im Sturmwind flatterte. Weil sich Eisenherz nicht erklären konnte, was der einsame Mann bei diesem Wetter am See zu suchen habe, trat er näher. „Merlin!" rief er dann in plötzlichem Erkennen aus. „Was treibt denn Euch an diesen verwunschenen Ort, wo selbst der Wind und der Hagel noch Geisterschrecken zu verbreiten scheinen?"

„Tretet näher, Freund Eisenherz!" antwortete der weise Merlin ruhig. „Hier wohnt die Frau vom See, aus deren Hand König Arthur einst Excalibur, das verzauberte Schwert, empfangen hat. Und hier erfuhr ich auch, daß unserem Lande neues Unheil von den Sachsen droht. Kommt in mein Zelt und hört, was das Schicksal für uns bereithält. Und dann reitet, so schnell Ihr könnt, mit meiner Warnung nach Camelot."

Der Prinz war von der Begegnung tief betroffen. Als er von Tintagel wegritt, wollte er nicht den Weg am See vorbei einschlagen, aber irgend etwas, eine Eingebung, hatte ihn dann mit magischen Fäden doch dorthin gezogen. Und nun diese völlig unerwartete, von Geheimnissen umwitterte Begegnung mit dem väterlichen Freund.

„Du mußt den König warnen", wiederholte Merlin im Zelt. „Ich weiß noch nicht genau, worin die Gefahr besteht, denn die Wasser des Sees geben ihr Wissen nur zögernd preis."

Während der Hagel auf das Zeltdach trommelte und der Sturmwind wie ein Stöhnen klang, versank Merlin in ein tiefes Nachdenken, das ihn seiner Umgebung traumhaft zu entrücken schien.

„Die Antwort kommt“, flüsterte der Weise schließlich. Sein Blick war ganz nach innen gerichtet, und auf seiner Stirne perlten dicke Schweißtropfen. „Steigbügel ...“, stammelte er dann wie hilflos vor sich hin. „König Arthur wird noch einmal siegen, wenn er Steigbügel ...“

In diesem Augenblick wurde das Zelt geöffnet. Herein trat ein Mädchen von feenhafter und zugleich dämonischer Schönheit und richtete seine grünlichen Augen auf Merlin. „Ich bin gekommen, großer Zauberer, um etwas von Euren vielgerühmten Künsten zu lernen. Gebt Ihr mir Unterricht?“ — Der Hohn in diesen Worten war unverkennbar, doch Merlin konnte sich nicht wehren.

In den Augen des weisen Mannes standen Schmerz und Entzücken zugleich. Die edlen, festen Züge verfielen von einem Augenblick zum anderen, gerade als habe Merlin erkannt, daß es für ihn gegen den Bann des Mädchens vom See kein Wehren gebe.

Als sich die unheimliche Besucherin dem Zelteingang zuwandte, folgte ihr Merlin willenlos.

„Die Botschaft!" rief ihm Eisenherz flehend nach. „Vollende doch, was ich dem König berichten soll!" Aber der Greis hatte kein Ohr für ihn und wankte hinter der Frau her in den tobenden Sturm hinaus.

Der so unerwartet verlassene Gast war von diesem Anblick zutiefst erschüttert, zumal er doch wußte, daß sein väterlicher Freund selbst die Zauberkünste einer Fee Morgana zunichte gemacht hatte.

Während der Prinz auf Merlins Rückkehr wartete, durchmaß er den engen Zeltraum mit ungeduldigen Schritten und grübelte darüber nach, was der Freund mit der Erwähnung der Steigbügel wohl gemeint habe. Da er die Lösung nicht finden konnte, warf er seinen Mantel über und ging hinaus. Inzwischen war es dunkel geworden. Unter seinen Füßen knirschte der Hagel, als er sich zu einem in der Nähe brennenden Feuer begab. Dort hatten seine beiden Waffenknechte ein Zelt aufgeschlagen und das Nachtmahl bereitet. Dem Prinzen blieb nun nichts anderes zu tun, als eben abzuwarten, ob Merlin vielleicht aus eigenem Entschluß zurückkomme. Darüber verging die Nacht.

Am Morgen war Merlins Zelt verschwunden. Der über Nacht gefallene Schnee hatte auch alle Spuren verdeckt, die vielleicht Auskunft über den Verbleib des Greises hätten geben können. Eisenherz mußte lange mit sich zu Rate gehen, bis er wußte, was in dieser Lage zu tun sei. Die beste Lösung schien ihm schließlich, so schnell wie möglich nach Camelot zu reiten und dem König wenigstens die halbe Warnung zu überbringen. Nachdem dieser Entschluß gefaßt war, freute sich der Prinz darüber, daß er dem durch Merlins Verschwinden noch unheimlicher gewordenen Ort endlich den Rücken kehren konnte.

Auf dem Weg nach Camelot mußten die braven Pferde ihr Letztes hergeben. Zu dieser Eile trieb den Prinzen alles, was er nach der Landung auf Tintagel und jetzt zuletzt am Dozmarysee erfahren hatte.

Wie berechtigt des Prinzen Sorgen waren, sollte sich bald erweisen. Knapp eine Tagesreise von Camelot entfernt, fand er den Weg versperrt. Vor ihm im flachen Talgrund lagerte eine Schar der sächsischen Reiterei, die wegen ihrer leichten Bewaffnung sehr beweglich und deshalb der gefährlichste Gegner des britischen Fußvolkes war.

Diese Begegnung kam für beide Teile überraschend. Eisenherz hatte nicht damit gerechnet, daß er in der Umgebung von Camelot auf Feinde stoßen würde. Die Sachsen wiederum, die längst wußten, daß Arthurs Streitmacht in und um Camelot versammelt war, hielten die drei einsamen Reiter für den Vortrupp eines anrückenden Entsatzheeres.

Die Sachsen stutzten, dann sprangen sie in die Sättel und stürmten laut schreiend den Hügel hinauf. Durch das kurze Verharren des Gegners hatte der Prinz Zeit, dessen Stärke in aller Ruhe abzuschätzen.

„Es sind viele, aber nicht allzu viele", sagte er dann. „Gebt mir die Lanze, ich breche durch, und ihr haltet euch dicht hinter mir."

Zu Fuß waren die Sachsen harte Kämpfer; beritten jedoch hatten sie gegen die mit ihren Pferden verwachsenen Briten wenig zu bestellen. So gelang der Durchbruch schon im ersten Ansturm. Abschütteln konnte der Prinz die Gegner freilich nicht, dazu waren seine schwer belasteten Pferde nicht schnell genug. Die Sachsen blieben ihm stundenlang so dicht auf den Fersen oder an der Seite, daß er Gelegenheit hatte, ihr Verhalten als Reiter gründlich zu beobachten. Bis dann ein Kundschafter, den die Sachsen vorausgeschickt hatten, im gestreckten Galopp zurückkam, und den Seinen schon von weitem eine Warnung zurief. Diese machten auf der Stelle kehrt und verschwanden hinter der nächsten Hügelreihe. Etwas später tauchte eine Schar britischer Ritter auf.

Beim Anblick der gepanzerten Reiter begriff Eisenherz plötzlich, was Merlin mit seiner Botschaft hatte sagen wollen. Die leichtbewaffneten Sachsen brauchten im Gegensatz zu Arthurs Rittern keine Steigbügel! Wie sich das im Kampf auswirkte, zeigte die sofort beginnende Verfolgung, bei der die schwerfälligen Briten nicht die geringste Aussicht hatten, an den Feind heranzukommen. Eisenherz wartete nicht auf die Rückkehr seiner Freunde; er wußte auch so schon genug und ritt mit festumrissenen Plänen im Kopf nach Camelot. Dort hängte er zum Zeichen seiner Gegenwart den mit dem Hengstkopf geschmückten Schild an den angestammten Platz in der Halle

Bald darauf meldete ein heller Fanfarenstoß das Nahen des Königs an. Der Prinz beugte zum Gruß das Knie und schaute lächelnd in das von Sorge durchfurchte Gesicht seines Herrn. Er wußte, daß ihm jetzt die Macht gegeben war, diese Sorge zu bannen.

„Erhebet Euch, Freund Eisenherz, und seid willkommen! An Eurem Lächeln erkenne ich, daß Ihr entweder irgendwelche Possen im Sinn habt oder aber wißt, wie wir unserer höchst unerfreulichen Lage entrinnen können. Wollt Ihr mir wohl verraten, was richtig ist?"

„Beides, Herr König", antwortete der Prinz ernst.

„Wenn ich mich von den heutigen Kämpfen etwas erholt habe, lasse ich Euch rufen. Wir sprechen dann über alles Weitere."

Als sich der schwere Vorhang hinter dem König geschlossen hatte, begrüßten sich Eisenherz und Gawain auf eine etwas weniger förmliche Art.

Dieses Spiel dauerte ziemlich lange und artete schließlich in einen Streit darüber aus, ob Honigbier ein gutes Haarpflegemittel sei. Bis dann der Bote des Königs erschien und den Prinzen abrief.

Während Eisenherz die Spuren seiner Auseinandersetzung mit Gawain beseitigte, ließ er vor seinem inneren Auge noch einmal vorüberziehen, was sich am See von Dozmary begeben hatte. „Über Arthur wird Unheil kommen, wenn er die Steigbügel . . .", hatte Merlin noch sagen können, ehe er dem Bann des Mädchens erlegen war.

Herr Arthur lächelte dem Prinzen gequält und zugleich erwartungsvoll entgegen, denn er wußte, daß auf Eisenherz immer Verlaß war.

„Herr“, begann der Prinz seine Rede, „der weise Merlin wollte mir eine Warnung für Euch mitgeben, doch konnte er seine Worte nicht vollenden, weil er von einem geheimnisvollen Mädchen weggeführt wurde. Inzwischen glaube ich, das Rätsel der verstümmelten Botschaft gelöst zu haben. Die Sachsen ahmen mit ihrer leichten Reiterei die Hunnen nach und gebrauchen keine Steigbügel. Unsere eigenen Krieger dagegen sind viel zu schwer gewappnet, um der Bügel entraten zu können. Also müssen wir ...“

Arthur sprang erregt auf. Er hatte des Prinzen Hinweis begriffen und sagte: „Ihr meint also, wenn wir noch etwas leichter und damit flinker als die Sachsen wären ...!“ In seinen Augen stand dabei seit langer Zeit zum erstenmal wieder ein Schimmer der Hoffnung. — „Genau das meine ich“, sprach der Prinz weiter. „Unsere Bügel werden uns dann beim Gebrauch der Lanze noch einen zusätzlichen Vorteil geben.“

Also wurden die Schlachtrosse gegen Jagdpferde ausgetauscht, und die Schilder aus Stahl gegen leichtere. Die Kettenhemden fielen weg, ebenso die wuchtigen Äxte. Am Mann blieben nur Lanze und Schwert.

Horsa, der sächsische Feldherr, der aus seiner letzten Niederlage offenbar entkommen war, wunderte sich darüber, daß wochenlang kein britischer Reiter mehr zu sehen war, und versuchte vergeblich zu ergründen, was dahintersteckte. Bis dann eines Tages ein völlig erschöpft wirkender Ritter ins Lager eingebracht wurde. Dieser wichtige Gefangene war der tollkühne Prinz Eisenherz.

Der Sachsenführer wollte von ihm wissen, warum sich die britischen Reiter nicht mehr blicken ließen, und kündigte an, ihm für jede verweigerte Auskunft einen Finger abhacken zu lassen.

Diese Drohung schien zu wirken. „Ihr könnt Britannien nicht erobern", flüsterte der Gefangene kläglich, „solange sich Arthur auf Camelot hält. Der König hat alle seine Krieger in die Burg geworfen, wo das Essen knapp geworden ist; jetzt murren sie und verlangen nach einer offenen Feldschlacht. Wenn Ihr mit Eurer Reiterei vor den Wällen aufmarschiert, werden Arthurs Ritter nicht zu halten sein und einen Ausfall versuchen. Ihr müßt sie nur weit genug weglocken, dann kann Euer Fußvolk ohne Mühe und Opfer in die von ihren Verteidigern entblößte Burg eindringen. Habt Ihr aber erst Camelot, dann fällt Euch ganz Britannien wie ein reifer Apfel zu."

Der sonst so gewitzte Horsa ließ sich von dem Gewimmer seines Gefangenen, den er nach allem für einen elenden Feigling halten mußte, glatt täuschen. Eisenherz konnte selbst mit anhören, wie sich der Sachse mit seinen Unterführern besprach und alle die Ansicht äußerten, daß der Brite, nur um sein eigenes Leben zu retten, die volle Wahrheit über Arthurs schwerbedrängte Lage verraten habe. So gut hatte der Prinz geschauspielert.

Wenige Tage später zogen die sächsischen Reiter vor Camelots Mauern auf und beschimpften die Verteidiger auf den Zinnen als Memmen. Diese höhnten fleißig zurück und reizten die Belagerer damit bis zur Weißglut. Ehe es zu einem Kampf mit den Waffen kam, vergingen indes noch einige Tage. Das Fußvolk der Sachsen hielt sich derweilen auf dem von Camelot abgewandten Hang eines bewaldeten Höhenzuges verborgen und wartete auf die Stunde, da es beim entscheidenden Angriff gegen die Burg zu hohen Ehren kommen sollte. An den gleichen Ort zogen sich über Nacht auch die Reiter zurück.

In den Tagen seiner selbstgewählten Gefangenschaft hatte Eisenherz vieles zu erdulden. Horsa, der nicht genug über Arthur erfahren konnte, ließ ihn immer wieder zum Verhör holen und stellte dabei die verfänglichsten Fragen. Der Prinz spielte seine gefährliche Rolle jedoch vortrefflich weiter; er beantwortete die ihm gestellten Fragen und schützte nur dann Unwissenheit vor, wenn es um entscheidende Dinge ging. Im übrigen aber blieb er beharrlich bei seiner ersten Darstellung. Einmal nahm ihn Horsa gefesselt zum Burgtor mit, um dort weitere Fragen zu stellen.

Just an diesem Tage gewannen die Beobachter auf den Wällen von Camelot den Eindruck, daß die Zeit für einen Ausfall gekommen sei. Hornsignale schallten, und nun geschah genau, was der Prinz vorausbestimmt hatte. Arthurs Ritter schwangen sich auf die leichten Pferde, die Zugbrücke rasselte herunter, und dann stürmten die Krieger hinaus auf das Vorfeld der Burg, wo sie sich unter dem Schutz der eigenen Bogenschützen zum Angriff sammelten.

Bei diesem Anblick jubelten die Sachsen; sie waren von dem Gelingen ihrer Kriegslist überzeugt und wichen, als der britische Angriff in absichtlich gemäßigtem Tempo begann, nur so schnell zurück, daß es zu keinem Kampf kommen konnte; sie wollten den Gegner ja bloß von der Burg weglocken.

Damit der so wertvoll erscheinende Gefangene den Briten nicht unnötig auffalle, hatte ihn Horsa in einen zerlumpten sächsischen Rock stecken lassen. Zu diesem wenig standesgemäßen Gewand mußte der Prinz einen mit Stierhörnern geschmückten Helm und einen Schild mit einem weithin sichtbaren schwarzen Raben tragen. Das alles wäre nicht schlimm gewesen, aber man hatte den Gefangenen, wohl um einer Flucht vorzubeugen, auf einen ziemlich lahmen Gaul gebunden, den er der Fesseln wegen kaum richtig lenken konnte.

Diese Vorsichtsmaßnahmen brachten den Prinzen in eine unerwartete Verlegenheit. Als die Sachsen ihre Gangart wegen der immer heftiger nachdrängenden Briten auf das äußerste beschleunigen mußten, kam der Prinz auf seinem Klepper bald so ins Hintertreffen, daß er Gefahr lief, von seinen eigenen Leuten als erster erschlagen zu werden. Um diesem Schicksal zu entrinnen, versuchte er, sich den entstellenden Helm mit dem Zügel vom Kopf zu reißen, was mit den gefesselten Händen ein schwieriges Unterfangen war. Nach dem vierten oder fünften Wurf faßte der Riemen aber doch eines der Hörner, und damit war der Prinz den gefährlichen Kopfschutz los.

„Hierher, Freunde!" rief Eisenherz den anstürmenden Rittern entgegen, und da war, allen anderen voraus, auch schon Sir Gawain zur Stelle.

„Vielen Dank, Freund Gawain. Kannst du mir vielleicht sagen, wo ich den König finde?"

„Herr Arthur blieb mit einer Handvoll Ritter auf Camelot zurück, damit wir keine Überraschungen durch das Fußvolk erleben.“

„Dann muß ich sofort zu ihm. Und wenn du bei der Verfolgung auf Horsa stoßen solltest, so grüße ihn von mir. Ich hoffe bald Gelegenheit zu haben, ihm die mir zugefügten Schindereien heimzuzahlen!“

Während sich die Vernichtung der sächsischen Reiterei unerbittlich vollzog, ritt Eisenherz todmüde in Camelot ein. Der König beobachtete die Verfolgungskämpfe, so gut es ging, von einer Mauerkrone aus und schaute, als der Prinz zu ihm gebracht wurde, recht zufrieden drein.

„Freut Euch nicht zu früh, Herr“, mahnte Eisenherz. „Das Fußvolk der Sachsen steht immer noch ungeschlagen hinter den Hügeln!“

„Keine Angst“, lächelte der König. „Wir haben uns an Euren Plan gehalten, und alles ist gutgegangen.“

Eine Stunde später kehrten schon die ersten Ritter zurück, um sich für den Kampf mit dem Fußvolk wieder die gewohnte Rüstung anzulegen.

Arthur behielt mit seiner Zuversicht recht. Noch am Abend des gleichen Tages war der Sieg vollendet. Viele Sachsen blieben auf dem Felde, der Rest schlug sich zu den rettenden Schiffen durch.

Als die Briten ihren Sieg feierten, erwies Arthur dem Prinzen die höchsten Ehren. Im Glanze dieses Glückes vergaß Eisenherz alle Qualen, die ihm während der freiwilligen Gefangenschaft angetan worden waren. Keiner im Saale ahnte zu dieser Stunde, daß die eroberungslustigen Sachsen am Ende eben doch die Herrschaft über Britannien erringen würden.

Der Prinz verließ das geräuschvolle Fest, sobald es die Höflichkeit gestattete, und träumte von Aleta, die mit den Kindern so weit von ihm fort war. Wenn nichts dazwischenkam, konnte er bald bei ihr sein.

Es gab aber doch eine Verzögerung. Eisenherz hatte in der sächsischen Gefangenschaft mehr körperliche Schäden erlitten, als er zuerst glaubte. Bis er wieder im Vollbesitz seiner Kräfte war, verging der halbe Winter. Dann bat er den König um Urlaub für die Reise nach den Nebelinseln.

Freund Gawain begleitete ihn auf der langen Fahrt. Wenn sie ihr Ziel, so wie versprochen, schon im Frühjahr erreichen wollten, durften sie sich unterwegs auf kein unnötiges Abenteuer einlassen.

In Paris fand der Prinz bei einem Handelsmann, den er von früheren Fahrten her kannte, zwei Briefe Aletas vor. Die Seinen hatten bis dahin eine gute Reise gehabt. Klein-Arne war zwar einmal ins Wasser der Seine gefallen, aber ein hilfsbereiter Fährmann hatte ihn mit seiner Stange sofort wieder herausgefischt. Nach einem kurzen Aufenthalt in Paris waren sie auf einem großen Boot die Seine hinaufgefahren.

In einem weiteren Brief berichtete Aleta über die ohne Zwischenfälle verlaufene Reise von der Seine zur Rhône. Arne hatte in Lyon trotz seinem Schnupfen einen Kampf mit einem anderen Jungen siegreich bestanden.

Schließlich beschrieb Aleta noch die Bootsfahrt von Lyon nach Marseille, der großen Hafenstadt am Mittelmeer, wo sie schon nach kurzem Warten einen für Athen bestimmten Segler gefunden hatte. Aleta schloß diesen letzten Brief in der Hoffnung, daß sie die heimatlichen Nebelinseln unter diesen Umständen wahrscheinlich noch im gleichen Monat erreichen werde.

Indes der Prinz noch am Lesen war, ließ sich Herr Gawain trotz allen guten Vorsätzen doch auf ein zeitraubendes Abenteuer ein.

„Wir wollten doch nicht vom Weg abweichen", rief ihm Eisenherz noch warnend zu, aber da zwirbelte der Ritter schon sein Bärtchen und lächelte unternehmungslustig einem Mädchen zu, das seine Blicke mit offensichtlichem Wohlgefallen erwiderte.

Dieses Zwischenspiel paßte schlecht zu des Prinzen Ungeduld; er mußte nun befürchten, daß Gawain, der Schwerenöter, die Weiterreise über Gebühr verzögern würde.

Und so kam es. Der Ritter flüsterte der Schönen im Vorübergehen eines seiner bewährten Komplimente zu und folgte ihr dann auf dem Fuß.

Während der Prinz die Reisevorbereitungen allein traf, sang Gawain schmachtende Lieder zu einem fremden Balkon hinauf und fühlte sich dabei ganz als der Hahn im Korb.

Schließlich trieb er seine Keckheit auf die Spitze und kletterte zum Fenster der Schönen hinauf. Der Empfang, der ihm oben bereitet wurde, enttäuschte den eitlen Mann dann allerdings sehr. Die junge Dame fiel bei seinem Erscheinen fast in Ohnmacht und schrie gellend um Hilfe. Auf ihre Schreckensrufe hin erschien alsbald ein Diener auf dem Plan.

„Jag' ihn fort, Peter! Um des Himmels Willen, wenn mein Mann heimkommt!" — Der kleine, dickliche Mann, dessen Hilfe so erfleht wurde, sah nicht gerade kampflustig aus, doch wußte er sich zu helfen. Als die Dame des Hauses den Raum verlassen hatte, zog er sein rostiges Schwert und wütete damit unter dem Hausrat. „Pack' dich, du Schurke! Hinaus, du Schelm!" rief er laut, setzte aber gleich leise hinzu: „Bitte, tut mir nichts, lieber Herr, und geht freiwillig, sonst verliere ich mein Brot."

Für Gawain begann die Sache jetzt heiter zu werden, er wollte aber gerne noch erfahren, warum ihm die Dame auf der Straße so zugelacht habe.

„Meine junge Herrin hat das bestimmt nicht ernst gemeint", beteuerte da der eingeschüchterte Diener. „Wahrscheinlich wollte sie nur ihren Gatten ein wenig eifersüchtig machen, damit er sie noch mehr liebt. Bringt uns also bitte keinen Unfrieden ins Haus, und geht Eures Weges!"

Inzwischen war der junge Ehemann heimgekehrt und hatte die letzten Sätze dieses offenen Geständnisses vom Vorzimmer aus gerade noch mitangehört. Als er den trennenden Vorhang zurückschlug, klammerte sich das junge Weib ängstlich an ihn, denn es dachte, daß ein Kampf auf Leben und Tod nun unvermeidlich sei.

Die Männer sahen sich eine Weile schweigend an und brachen dann plötzlich wie auf ein Kommando in ein verständnisvolles Gelächter aus. Offenbar hatten beide Gefallen aneinander gefunden. Gawain entschuldigte sich mit vielen wohlgesetzten Worten für sein nicht eben ritterliches Benehmen und wollte sich dann mit einer tiefen Verbeugung empfehlen.

„Noch einen Augenblick!" hielt ihn da der Ehemann auf. „So leichten Kaufes sollt Ihr mir doch nicht von dannen ziehen. Zur Buße müßt Ihr wenigstens Peter, unser Prachtstück von einem Diener, mit Euch nehmen."

So endete das Abenteuer für den allzu begeisterungsfähigen Ritter mit einer Enttäuschung. Statt ein Herz im Sturm zu nehmen, hatte er einen Diener gewonnen, der ihm, da er so leichten Herzens weggegeben wurde, vermutlich noch Verdruß bereiten würde. Aber geschehen war geschehen, und Gawain konnte froh sein, daß das Abenteuer nicht schlimmer ausgelaufen war

Der Empfang bei Eisenherz fiel auch nicht gerade freundlich aus. Der Prinz, der darauf brannte, die Reise zu Aleta möglichst bald fortzusetzen, ließ sich über Gawains zeitraubenden Leichtsinn ziemlich deutlich aus.

Dazu kam noch der Ärger mit Peter. In seinem ehrgeizigen Bemühen, dem neuen Herrn alles recht zu machen, beging der Diener noch mehr Fehler als sonst. Das bekam der Ritter schon beim Aufbruch schmerzhaft zu spüren, als ihm der Tollpatsch beim Verlassen des Hauses auf den Mantel trat und so einen jähen Sturz über die steinerne Treppe verursachte.

Es kam aber noch besser. Damit Gawains persönliche Sachen besonders sicher seien, trug sie Peter in einem umgehängten Beutel mit sich. Nun geschah es aber, daß der des Reitens unkundige Mann beim Durchqueren eines Baches vom Pferde rutschte und ausgerechnet das naß wurde, was er schützen wollte.

Ob dieses Zwischenfalles kam Eisenherz so ins Lachen, daß er sich an seinem Pferd festhalten mußte, aber Gawains Geduld war erschöpft. Er entlohnte den Unglücksraben mit einer Handvoll Silberlinge und jagte ihn davon.

Am Abend hatten die Freunde weder etwas zu essen noch ein Dach über dem Kopf. Sie machten sich schon auf eine ungemütliche Nacht gefaßt, doch da tauchte Peter wieder auf. Er war müde vom langen Weg und hatte sich die Füße wund gelaufen, aber er brachte köstliche Dinge mit: Brot, Hühner und Krug Wein. Das alles hatte die treue Seele für den eigenen Lohn gekauft. Bald schmorten die Hühner am Lagerfeuer, und dann hob ein fröhliches Schmausen an. Daran, daß Peter weggehen müßte, dachte niemand mehr.

Um diese Zeit näherte sich Aletas Schiff bereits den Nebelinseln in der blauen Ägäis. Auf das bevorstehende Wiedersehen mit der geliebten Heimat konnte sich die junge Königin indes nicht so recht freuen. Im letzten Hafen, den ihr Schiff vor dem Ziel noch zur Wasseraufnahme anlaufen mußte, hatte sie mancherlei Gerüchte über die Zustände auf den Nebelinseln gehört, die ihrer Sorge neue Nahrung gaben. Wie würde es in ihrem Königreich wohl wirklich aussehen?

Ein Zwischenfall vor der heimatlichen Küste nahm ihr die letzten Illusionen. Das Schiff wurde angegriffen, und Aleta wäre entführt oder gar getötet worden, hätten Aguars Krieger nicht wie die Teufel dreingeschlagen und die Piraten verjagt. Hinterher erfuhr Aleta von einem Gefangenen, der verwundet aus dem Wasser gefischt worden war, daß die Anstifter des Überfalls auf den Nebelinseln selber saßen und somit unter dem eigenen Volk zu suchen waren. Genaueres konnte der Verwundete freilich nicht sagen.

Immerhin war Aleta jetzt gewarnt; sie wußte, daß nicht nur ihr Thron, sondern auch ihr Leben in höchster Gefahr schwebten. Bei der Landung und während des prunkvollen Zuges zum Palast jubelte ihr das Volk zwar zu, auch läuteten die Glocken von allen Türmen, aber Aleta war vorsichtig geworden und hatte ihre Wikinger zu höchster Wachsamkeit ermahnt. Unterwegs entdeckte sie von ihrer Sänfte aus einige Männer, die sich der allgemeinen Freude sichtlich verschlossen und den schwerbewaffneten Zug finster musterten.

Im Palast wurde Aleta mit ehrlicher Freude von ihrer Schwester Helena empfangen, der sie für die Zeit ihrer Abwesenheit die Regentschaft anvertraut hatte. Helena war inzwischen eine Ehe mit einem Edelmann aus Samos namens Dionysius eingegangen, einem Menschen, der zwar stattlich aussah, aber der Königin schon auf den ersten Blick mißfiel.

Aleta hatte das Gefühl, daß abwarten jetzt das beste sei. Anstatt also den Thron sofort zu besteigen, schützte sie Müdigkeit vor und verbrachte die meiste Zeit in ihren privaten Gemächern bei den Kindern. Dort hielt sie allerdings häufig Hof und empfing jeden, der in ihrem Königreich eine Rolle spielte. In diesen Gesprächen lernte sie bald unterscheiden, ob die ihr entgegengebrachte Herzlichkeit echt oder nur vorgetäuscht war. Aleta hoffte, daß sie der offenbar nur kleinen Gruppe von Aufwieglern bald Herr würde.

So gingen drei Wochen ins Land, ohne daß Aleta ihre Rechte geltend gemacht und den Thron bestiegen hätte. Während dieser Zeit besuchte sie auch die Basare, um sich mit den Leuten aus dem Volke zu unterhalten. Auf diese Weise erfuhr sie, daß sich während ihrer Abwesenheit vieles zum Schlechten gewandelt hatte.

Der oberste Richter las ihr eine Liste von Gesetzen vor, die in den letzten Jahren erlassen worden waren. Da gab es neben Steuern, die das Volk bedrückten, auch Abgaben für den Bau von Kriegsschiffen und für die Vergrößerung der Streitmacht.

Als Aleta in einer stillen Stunde alle Beobachtungen zusammenfaßte, erkannte sie, daß die friedlichen Bewohner der Nebelinseln auf dem besten Weg waren, zu einem kriegerischen Volk gemacht zu werden. Wem aber konnte an einem solchen Wandel gelegen sein? Wer hatte an einem Angriff auf ein Nachbarvolk Interesse?

Die Königin dachte an das kalte, habgierige Gesicht ihres Schwagers und wußte nun mit einem Male, wer ihre Rückkehr verhindern und ihr Volk nur um des eigenen Vorteils willen ins Unglück hatte stürzen wollen.

Mit dieser Erkenntnis war für Aleta der Augenblick zur Wiederbesteigung des Thrones gekommen. Als sie den Entschluß vor dem Großen Rat feierlich bekanntgegeben hatte, räumte Helena willig den Platz und begab sich an die Seite ihres Gatten. Aleta überhörte das da und dort im Thronsaal aufkommende Murren; die Krieger aus Thule standen wachsam hinter ihr.

Die Königin wartete in aller Ruhe ab, bis wieder Schweigen eingetreten war, und begann dann ihre Ansprache: „Unsere Inseln sind die Edelsteine in der schimmernden Krone der Ägäis und die Heimat der Zufriedenheit. Das Land wurde bisher durch weise Gesetze regiert, wir haben Frieden mit unseren Nachbarn gehalten, und der Handel mit ihnen hat unseren Wohlstand genährt. So soll es auch künftighin sein nach meinem Willen!"

Aleta machte eine Pause, damit die Getreuen wie die Ungetreuen überlegen konnten, wie diese Worte gemeint waren. Da erhob sich der oberste Richter und verkündete: „Der Senat hat gestern zwei neue Gesetze erlassen, die bereits in Kraft getreten sind. Das erste bestimmt, daß der Regent keine landfremden Krieger einstellen darf. Die Männer aus Thule stehen also rechtswidrig hinter Eurem Thron; Ihr tätet gut daran, sie bald in ihre Heimat zu entlassen. Nach dem zweiten Gesetz besteht der Senat nicht mehr aus zehn, sondern aus zwanzig Köpfen. Ich bitte die neuen Mitglieder, sich von ihren Plätzen zu erheben."

Als sich die aufgeforderten Senatoren erhoben hatten, gewahrte Aleta, daß sie durchweg dem Stande der Soldaten angehörten. Ihre Männer aus Thule aber sollte sie abschieben. Das alles sah nach einem von langer Hand geplanten Militäraufstand aus, dem sie mit eigenen Mitteln nicht begegnen konnte. Noch nie hatte sie Eisenherz mehr herbeigesehnt als in dieser dunklen Stunde, da ihr das kleine, glückliche Reich der Nebelinseln zu entgleiten drohte. Aleta wollte schier verzagen, aber sie raffte sich zusammen und verließ, zum Letzten entschlossen, den Thronsaal, in dem sie kaum noch etwas zu sagen hatte.

Am Abend dieses Tages kamen die Rebellen zusammen und rechneten sich wieder einmal aus, was sie verdienen konnten, wenn die geplante Kriegsflotte erst einmal auf Raub zu den Nachbarinseln ausgeschickt würde. An die Folgen eines solchen Friedensbruches dachte keiner dabei.

Diesen Plänen wirkte nur noch ein einziger Mensch entgegen: Aleta! Das Ansehen der Königin stand im Volke höher denn je; von den Verschwörern indes wurde sie so wenig ernst genommen, daß diese ihre Absichten kaum noch verschleierten.

Nun kannte Aleta an ihrem Hofe einen Mann, der eine gewisse Macht besaß und auf den sie sich unbedingt verlassen konnte. Es handelte sich um den Hauptmann der Palastwache, der schon ihrem Vater zwanzig Jahre lang treu gedient hatte. Sie ließ den Offizier zu sich rufen und führte ein langes Gespräch mit ihm, in dem sie ihre Sorgen aufdeckte. Der Hauptmann versicherte, daß seine Männer verläßlich seien, und so hatte Aleta wenigstens diesen kleinen Rückhalt.

Um die Rebellen in Sicherheit zu wiegen, bat sie nun ihre Begleiter aus Thule, die Waffen abzulegen. Die Männer folgten nur unwillig, aber sie waren im Notfall auch so noch ein verläßlicher Schutz. Die Antwort auf dieses scheinbare Nachgeben kam noch am gleichen Tag. Der Mann, der die Speisen auf der königlichen Tafel zu kosten hatte, starb plötzlich an Gift!

Das war für Aleta das Zeichen zum Handeln. Fest entschlossen, eine Entscheidung auf jeden Fall herbeizuführen, ließ sie das größte Schiff im Hafen mit Vorräten für eine lange Reise beladen. Danach befahl sie für den anderen Tag eine Parade ihrer gesamten Streitmacht. Und abends bestellte sie schließlich einige Sänger und Spaßmacher zu sich ins Schloß und gab ihnen einen Auftrag, der ganz nach deren Geschmack war.

Zur gleichen Abendstunde saßen auch die Verschwörer beieinander und freuten sich über ihren Sieg. Sie waren überzeugt, daß Aleta die Nebelinseln verlassen würde, und wollten ihr den Spaß mit der Truppenbesichtigung gerne gönnen.

Bei dieser Parade trug Aleta die Abzeichen des obersten Befehlshabers. Sie befahl: „Alle Soldaten, die auf den Nebelinseln geboren sind, treten drei Schritte zurück!"

Dies geschah, und Aleta fuhr fort: „Die übrigen legen ihre Waffen ab und gehen aufs Schiff!"

Nun las Aleta das neue Gesetz vor, das eigentlich ihren Begleitern aus Thule gegolten hatte. „Kein Regent darf fremde Söldner einstellen! Ich mache euch deshalb zur Besatzung dieses gutgerüsteten Schiffes!" Die fremden Krieger verstanden keinen Zusammenhang und folgten dem Befehl. Dionysius wollte dazwischenfahren, aber Aleta schnitt ihm das Wort ab. „Dich, mein lieber Schwager, ernenne ich zum Befehlshaber dieser Männer. Damit bist du Soldat geworden. Da du jedoch nicht bei uns, sondern auf Samos geboren bist, gehst du zu den Fremden aufs Schiff!"

Dionysius stand unentschlossen da. Gewiß hatte er Freunde im Senat; durfte er aber angesichts der vielen Getreuen offenen Widerstand wagen? Wie alle Verräter war er von Natur aus feige. Eine Stimme aus dem Volke rief: „Ist das nicht ein großartiges Gesetz, das du dir ausgedacht hast?"

Unter dem aufbrausenden Gelächter schlich sich der Verräter zum Schiff. Dabei umtanzten ihn die von Aleta bestellten Spaßmacher und sorgten dafür, daß der einstmals von allen gefürchtete Mann in wenigen Minuten von niemand mehr ernst genommen wurde; er war nur noch eine Zielscheibe des Spottes und stieg, krank vor Enttäuschung und Rachsucht, an Bord.

Als das Schiff den Hafen verlassen hatte, wich das Gelächter der Menge einem betretenen Schweigen. Die Mehrheit erkannte erst jetzt, wie verlassen die junge Königin inmitten der kriegslüsternen Höflinge gewesen war, und bewunderte nun den Mut, mit dem sie den schlimmsten Verschwörer davongejagt hatte.

Aleta besichtigte, was ihr an Soldaten geblieben war, und begab sich dann in den Palast zurück, wo ihrer eine Aufgabe harrte, die womöglich noch schwerer als die Vertreibung des Dionysius war. Helena, in Tränen aufgelöst, fiel ihr um den Hals und schluchzte: „Du grausame Schwester hast mir den Gatten verbannt, ihn, der doch unser Bestes wollte."

„Hör' zu, mein Lieb, es ist schlimm, daß du den Gatten verlieren mußtest, aber du kannst am Ende doch froh darüber sein. Dionysius hat dich nur aus Machtgier und sicher nicht um der Liebe willen geheiratet. Bedenke, daß dieser gewissenlose Mann zweimal versucht hat, meine unschuldigen Kinder und mich selbst ermorden zu lassen. Glaube nur nicht, daß du meinen Tod an der Seite dieses Meuchelmörders lange überlebt hättest!"

Die Königin ließ ihre Schwester weinen, dann fuhr sie tröstend fort: „Es mag sein, daß du Dionysius als Gatten geliebt hast, weil dir sein wahrer Charakter verborgen geblieben war. Vergiß nun diese Liebe, und trage dein schweres Los mit Würde, denn du bist die Tochter eines Königs!"

Auf seiner Irrfahrt erreichte Dionysius den Hafen Kandia auf Kreta. Dort wollte er seine Krieger wieder bewaffnen und neue Söldner dazu anwerben, um so verstärkt die Nebelinseln zu überfallen. Bei der Einfahrt begegnete ihm ein Schiff, dessen Fahrgäste ihm noch viel Kummer bereiten sollten.

Dieses Schiff erhielt einige Tage später die Erlaubnis, in den Hafen von Aletas Residenz einzulaufen. Bald darauf schritten zwei stattliche Ritter, deren Gewänder allerdings auf eine lange Reise schließen ließen, zum Palast hinauf. Angesichts des majestätischen Bauwerks vergaß der jüngere Ritter seine bisher gezeigte Würde; er ließ Helm und Mantel fallen und stürzte auf eine schmale Gestalt zu, die oben an der Treppe zwischen den Marmorsäulen aus dem Halbdunkel auftauchte und von ihm stürmisch umarmt wurde.

Nach vielen Jahren noch erzählten die Leute auf den Nebelinseln ihren Kindern von der denkwürdigen Begrüßung zwischen Königin Aleta und ihrem Gemahl, dem berühmten Prinzen aus Thule. Und auch, wie schnell es den beiden gelungen sei, die Ordnung und den Frieden im Lande wiederherzustellen.

Für den auf die Ankunft des Prinzen folgenden Tag hatte Aleta den Großen Rat einberufen. Dort sprach sie: „Man hat die weisen und gerechten Gesetze unserer Väter während meiner Abwesenheit geändert. Ich wünsche, daß das rückgängig gemacht wird! Sollten aber noch Verräter unter uns weilen, so mögen sie wissen, daß es für sie immer noch einen Galgen gibt!“

Nach diesen Worten erhob sich Milates, ein sehr von sich selbst überzeugter Mann, und fragte höhnisch: „Soll das etwa eine Drohung sein?“

„Ja!“ erwiderte Aleta fest und schaute dem Aufwiegler furchtlos ins Auge.

Nun meldete sich der Ratsälteste zum Wort: „Wer unsere Königin verrät, ist ein Lump! Ich aber werde ihr treu sein bis zu meinem Tod!“

Während sich im Rat so wichtige Dinge vollzogen, stolperte Peter, um seinen Durst zu löschen, in eine Taverne am Hafen hinein, wo er mit seiner Freigiebigkeit und seinem heiteren Wesen rasch die Freundschaft des Wirtes und der Bediensteten gewann, mit denen er fleißig zechte.

Gegen Abend lief ein Schiff in den Hafen. Eine halbe Stunde später betrat ein Fremder den Schankraum und begehrte zum Hause des Milates geführt zu werden. Zugleich bestellte er ein fürstliches Mahl für sieben Gäste, die er sich zur Nacht einladen wollte.

Damit die Zubereitung der Leckerbissen recht schnell vor sich gehe, wurde der kundige Peter vom Wirt gebeten, in der Küche mitzuhelfen. Das tat er gerne. Wenn er zuerst auch nur Dummheiten im Sinn hatte, so zeigte er sich nachher doch so anstellig, daß er auch beim Auftragen helfen durfte.

Bei dieser Gelegenheit schnappte er von der Unterhaltung einige Brocken auf, die ihn stutzig machten. Die einheimischen Edelleute schienen mit dem Fremden irgendeinen Anschlag auszuhecken. Als dann auch der Name der Königin fiel, spitzte Peter die Ohren. „. . . zwei Tage noch, dann landet Dionysius. Wenn der Kampf beginnt, müßt ihr mit euren Leuten in den Palast eilen und so tun, als wolltet ihr helfen. Dort stiftet so viel Verwirrung, daß die Verteidiger nicht mehr wissen, woher die Gefahr droht."

Das war eine böse Kunde. Trotzdem die Nacht schon weit vorangeschritten war, begab sich Peter schnurstracks zu Gawain, seinem Herrn, und erzählte ihm alles. Der Ritter ließ sofort Aleta und den Prinzen wecken.

Bis zum Tag der Landung konnte die Königin unauffällig ihre Vorbereitungen zur Abwehr des so heimtückisch eingefädelten Überfalls treffen. Die Küstenwachen wurden zurückgezogen, die Krieger im Palast versammelt und die Bevölkerung angewiesen, den Feind unbeachtet zu lassen.

Dionysius landete zur vereinbarten Stunde an einer abgelegenen Uferstelle außerhalb des Hafens. Seine Söldner, denen er einen leichten Kampf und Berge von Gold versprochen hatte, wateten schreiend ans Ufer, wo weit und breit kein Mensch zur Abwehr bereit stand. Am Strand waren nur ein paar harmlose Fischer zu sehen, die einen neugierigen Blick herüberwarfen und dann gleich wieder darangingen, ihre Netze und Reusen in Ordnung zu bringen.

Während die Landung ungestört vor sich ging, liefen die verräterischen Edelleute mit ihren Waffenknechten zum Palast, dessen Tore sie allerdings verschlossen fanden. „Aufmachen, ein Raubschiff ist gelandet!" riefen sie. „Wir bringen Hilfe!"

Aleta antwortete: „Schön, daß ihr mich verteidigen wollt. Dionysius ist gelandet. Geht hin und kämpft mit ihm. Ihr könnt euch aber auch offen mit ihm verbünden, ganz wie ihr wollt!" — In die folgende Stille hinein dröhnten die Hammerschläge der am Galgen arbeitenden Männer.

So scheiterte der üble Plan schon am Anfang. Die Verräter, eben noch bereit, ihre eigenen Landsleute an die Fremden auszuliefern, standen ratlos da und ließen sich wie eine Herde Vieh ohne Widerstand auf die Landungsstelle des Dionysius zutreiben.

Der Prinz beobachtete gespannt, wie sich die beiden Feindgruppen vereinigten. Dionysius, der sein Ränkespiel zunächst verloren sah, war offenbar schwer davon zu überzeugen, daß Milates keine Schuld daran trug.

Unter dem Befehl des brutalen Dionysius hätten die fremden Söldner eine nicht zu unterschätzende Gefahr für das kleine Inselreich bedeutet; nun aber verlangten die einheimischen Edelleute, daß einer aus ihren eigenen Reihen den Befehl über die ganze Truppe erhalte.

Wegen dieser Meinungsverschiedenheit kam es zu einem heftigen Wortstreit, und damit war für den Prinzen der geeignete Zeitpunkt zum Eingreifen gekommen. Er ließ seine Männer einen waffenstarrenden Angriffskeil bilden, an dessen Spitze er selber mit Sir Gawain stand.

Diese tödliche Pflugschar schob sich unerbittlich zwischen die verdutzten Feinde und trennte die einheimischen Verräter von den fremden Söldnern. Als der Schnitt vollzogen war, erklang ein Trompetenstoß. Der Flügel Gawains wandte sich nach rechts, der des Prinzen nach links, und jeder griff den vor ihm stehenden Teil des Gegners so energisch an, daß dessen aufgesplitterte Front alsbald ins Wanken geriet.

Die abtrünnigen Edelleute gaben den aussichtslosen Kampf als erste auf. Sie waren der Meinung, daß es besser sei, wenigstens das nackte Leben zu retten, als erschlagen zu werden oder gar an dem bereits für sie errichteten Galgen eines unrühmlichen Todes zu sterben. Da sie bei allem Pech noch das Glück gehabt hatten, nach der Seeseite hin abgedrängt zu werden, strebten sie mit ihren letzten Kräften dem im Uferwasser schaukelnden Schiff zu. Allen voran Dionysius, der zwar die Eigenschaften eines Verräters, aber kein Kämpferherz besaß.

Nachdem die Anführer geflohen waren, legten auch die fremden Krieger ihre Waffen nieder, zumal jetzt keiner mehr mit dem versprochenen Sold rechnen durfte. Damit war der kurze Kampf bereits zu Ende.

„Bin ich nicht ganz wundervoll gewesen?“ fragte Gawain die Königin hinterher im Palast. „Mit einer Hand habe ich die Burschen davongejagt!“ Der Gute hatte eben immer schon zu Überschwenglichkeiten geneigt.

Abends saßen die Sieger beim festlichen Mahl zusammen. Aleta gestand freimütig, wie erleichtert sie darüber sei, daß Dionysius mitsamt seinen verbrecherischen Freunden entkommen war. „Ich hätte sonst den eigenen Schwager genauso wie seine Mitschuldigen zum Galgen verurteilen müssen und wäre meines Lebens sicher nie wieder froh geworden.“

Am anderen Tag überbrachte ein schneller Segler indes eine Kunde, der zu entnehmen war, daß sich Aleta zu früh gefreut hatte. Einige von Aletas Schiffen hatten die flüchtigen Rebellen auf eigene Faust verfolgt und zur Umkehr gezwungen. Nun näherte sich der Zug schon den Nebelinseln.

Der Eifer ihrer Kapitäne bereitete Aleta arges Kopfzerbrechen. Das Gespenst des Dionysius, das sie schon gebannt zu haben glaubte, war plötzlich wieder auferstanden. Fast noch mehr Sorge bereitete ihr aber die Rückkehr der eigenen Landsleute. Diese Männer hätte sie trotz dem Landesverrat nach einiger Zeit der Verbannung begnadigen können; nun aber mußte ein Urteil gefällt werden, das im Interesse der inneren Sicherheit nicht milde ausfallen durfte! Als Aleta mit ihren Gedanken soweit gekommen war, zog plötzlich ein feines Lächeln über ihr Gesicht: sie hatte unverhofft einen Weg gefunden, der vielleicht zu einer weniger harten Lösung führen konnte.

Um allen Zwischenfällen vorzubeugen, schickte die Prinzessin einen Teil ihrer Palastwache zum Hafen, damit sie die wieder eingebrachten Edelleute empfange und vor der Wut des Volkes schütze. Trotzdem machten sich die Männer später den derben Spaß, die Gefangenen dicht an dem Galgen vorbeizuführen, den man eigens für sie errichtet hatte.

Die Rebellen gehörten zu den ersten Familien des Landes, auf die das kleine Reich kaum verzichten konnte. Dieser

Tatsache wurden sie sich wieder bewußt, als sie vor Aleta standen und ihnen keine unmittelbare Gefahr mehr drohte. Ehe die Königin das Wort ergriff, brach Prian, ein junger Hitzkopf, der immer noch glaubte, daß die Rebellen im Recht seien, das ungemütliche Schweigen im Thronsaal. „Wir Männer", so rief er, „können uns doch nicht von einer Frau und ihren Launen regieren lassen!"

Nach diesem Wutausbruch schwoll ihm der Kamm erst richtig. Er ließ sich zu Worten hinreißen, die man einer jungen Frau einfach nicht sagen kann. und schon gar nicht der eigenen Königin. Ehe Eisenherz eingreifen konnte, sank Gawain vor Aleta in die Knie und sagte: „Erlaubt einem Ritter, daß er sein Schwert in Eure Dienste stelle!"

Nach den geltenden Regeln war ein Zweikampf jetzt nicht mehr zu umgehen. Die Gegner ließen sich im Palasthof ihre Rüstungen anlegen, und Prian steigerte sich dabei immer mehr in einen sinnlosen Zorn hinein. Gawain dagegen zeigte sich so ruhig, daß Eisenherz eine Warnung für angebracht hielt: „Nimm dich in acht! Du bist jetzt nicht auf einem Turnierfeld, wo du schönen Frauen imponieren kannst. Mir kommt dieser Bursche in seinem ungezügelten Tatendrang jedenfalls gefährlich vor!"

Wie recht der Prinz hatte, erwies sich alsbald. Prian, der die Stärke seines Gegners nicht kannte, begann den Kampf mit einer Wildheit sondergleichen. Ehe sich's Gawain versah, zuckte ihm das Schwert des jungen Mannes am Schild vorbei in die Flanke. Der Ritter verdankte es nur seinem stählernen Kettenhemd, daß er keine schwere Wunde davontrug.

Immerhin genügte der leichtsinnig verschuldete Schlag, um Gawain aufzuwecken. Ohne seine Deckung zu vernachlässigen, setzte er seine Schläge nun hageldicht und blitzschnell dorthin, wo sich der Gegner auch nur die geringste Blöße gab. Diesem Ansturm konnte der unerfahrene Prian nicht widerstehen; er ging nach einigen Treffern zu Boden.

Bei diesem Anblick verging dem Dionysius vollends das schadenfrohe Lächeln, mit dem er Prians Zufallstreffer begrüßt hatte. Noch nie zuvor war ihm ein so furchtbarer Kämpfer begegnet wie dieser Ritter aus Britannien. Und dieser gefährliche Mann war nun sein Feind!

Als ob er die geheimsten Gedanken des Dionysius gelesen hätte, schaute Gawain zu ihm hinauf und lächelte ihm zu. Aber dieses Lächeln war grimmig und schärfer als die Klinge eines Schwertes.

Nach diesem kurzen Zwischenspiel begab sich alles in den Thronsaal, um zu vernehmen, welches Urteil die Königin über die Rebellen aussprechen würde. Dionysius erhielt eine letzte Gelegenheit zu einer Verteidigungsrede, doch war ihm inzwischen die Herrschsucht vergangen. Zitternd stand er da, und auf seiner Stirne perlte der Angstschweiß; er konnte sich immer noch nicht von dem Schrecken befreien, den ihm der unheimliche Ritter mit einem einzigen Blick eingeflößt hatte, und brachte nur ein hilfloses Stammeln heraus.

Gawain, den die Memme anekelte, trat vor und schaute Dionysius so finster drohend an, daß dieser sich in seiner Todesangst zusammenriß. Anstatt für seine eigenen Taten und die seiner Mitverschworenen offen einzutreten, versuchte er alle Schuld auf die anderen abzuwälzen. Da ihm das nichts nützte, versuchte er, Aleta unter Winseln und Betteln klarzumachen, daß er als ihr Schwager doch nur ihr Bestes im Auge gehabt habe. Schließlich bat er um Verständnis dafür, daß man in so gefährlichen Zeiten lieber einen Mann auf dem Throne gesehen hätte.

Für Sir Gawain war das gerade das rechte Stichwort zum Einfallen. „Was?“ fragte er mit eisiger Ironie. „Willst du vielleicht ein Mann sein? Zweimal hast du deine eigene Königin

von gedungenen Mördern umbringen lassen wollen! Ist dir das vielleicht gelungen, du Mann? Du hast fremde Söldner angeworben, um ihr die Krone zu entreißen! Nicht einmal das ist dir gelungen! Und so ein Jammerwedel bildet sich wahrhaftig ein, ein Mann zu sein!"

Nach diesen Worten, die Dionysius widerstandslos hinnahm, wandten sich selbst seine bisherigen Anhänger voller Abscheu von ihm ab. Gawain gab sich indes nicht zufrieden und fuhr fort: „Immerhin kannst du uns beweisen, daß du vielleicht doch ein Mann bist. Los, laß' dir ein Schwert reichen, so du überhaupt noch einen Funken von Ehre besitzest!"

Dionysius erinnerte sich mit Schrecken daran, wie übel der Ritter den starken Prian zugerichtet hatte. Allein schon der Gedanke, ihm könnte ähnliches widerfahren, ließ ihn beben. Mit eingeknickten Knien und hängenden Armen stand er da. „Sieh da, er will nicht", sprach Gawain verächtlich. „Ich brauche mein Schwert also nicht mit dem Blut eines Schakales zu besudeln!"

So mußte Helena, die an der Seite ihrer Schwester stand, mit ansehen, wie der geliebte Gatte der Verachtung aller preisgegeben wurde und auf die tiefste Stufe sank, die ein Mann jemals erreichen kann. Zuerst war sie fassungslos über diese Verwandlung, schließlich siegten in ihr aber doch die Liebe und das Mitleid. Mutig trat sie vor den Ausgestoßenen hin und ergriff dessen Hand zum Zeichen, daß sie auch jetzt noch zu ihm halten wolle.

Das Urteil Aletas fiel kurz aus. „Verbannt!" sprach sie nur. „Ich rüste ein Schiff, das euch beide nach Samos bringt. Versuche dort, ein anderer zu werden, Dionysius. Zur Umkehr ist es nie zu spät!"

Eisenherz schaute bestürzt auf seine zierliche Königin. Zwar gönnte er dem Schwager das Leben, befürchtete aber, daß dieser wiederkehren könnte.

Noch mehr überrascht war der Prinz davon, wie Aleta die übrigen Rebellen behandelte. „Da ich eurem Anführer das Leben gelassen habe, wäre es ungerecht, euch selber an den Galgen zu bringen . . .“ Nach einer kleinen Pause setzte sie hinzu: „Allerdings verlange ich eine Buße von euch. Ihr habt die Regierungsgeschäfte sofort wiederaufzunehmen und nachzuholen, was versäumt wurde. Kehrt nun heim zu euren Familien, die auf euch warten!“

Wie klug diese Milde war, erwies sich sofort. Die früheren Rebellen ließen sich, einer nach dem anderen, beschämt vor Aleta in die Knie sinken, um ihr und dem Lande erneut die Treue zu schwören.

Nun konnte Aleta wie eine gute Hausfrau darangehen, ihr kleines Inselreich wieder zu ordnen. Der getreue Hauptmann der Palastwache erhielt den Be-

fehl über die Krieger. Er war zwar kein sehr gewandter Mann, aber von allzu hellen Köpfen hatte die Königin vorerst genug. Weiter befahl Aleta, daß die halbfertigen Kriegsschiffe zu Kauffahrern ausgebaut würden, und so ging auf den Nebelinseln alles wieder seine guten Wege.

Fern der Nebelinseln aber schwamm das Schiff, auf dem Helena ihren Gatten in die Verbannung begleitete. Wäre Dionysius ein tyrannischer König geworden, so hätte sie sich gewiß von ihm abgewandt. Nun aber, da er im Unglück war und niemand mehr hatte als sie, nun blieb sie bei ihm und hoffte, daß es ihrer Liebe gelingen werde, die Gesinnung des Mannes doch noch zu wandeln.

Prinz Eisenherz befreit Aleta

Nach seiner Ankunft auf den Nebelinseln, dem kleinen Königreich seiner Gemahlin Aleta, hatte Prinz Eisenherz gefährliche Tage zu bestehen gehabt. Während nämlich die Königin im fernen Thule weilte, war es einem landfremden Abenteurer gelungen, das Vertrauen von Aletas Schwester zu erschleichen und gemeinsam mit einigen zwar machtgierigen, aber wenig einsichtigen Edelleuten einen Staatsstreich vorzubereiten.

Durch kluge Gegenmaßnahmen gelang es der vom Prinzen und dessen Freund Gawain tatkräftig unterstützten Königin, den Aufstand gerade noch rechtzeitig niederzuschlagen, ohne daß dabei viel Blut geflossen wäre. Nun herrschten wieder geordnete Verhältnisse im Lande, und Eisenherz mußte fast tatenlos zusehen, wie zielbewußt seine zierliche Frau die Geschicke ihres Inselreiches wieder in die rechten Bahnen lenkte.

Von den Nachbarinseln und auch von den Küstenländern der Ägäis kamen prächtig aufgeputzte Gesandte, um nach der Wiederherstellung des inneren Friedens neue Handelsverträge mit den Nebelinseln abzuschließen. Aleta führte die entscheidenden Besprechungen gerne in Gegenwart ihrer Kinder, deren geräuschvolles Treiben allein schon genügte, um die Erwachsenen ihre eigene Bedeutung und ihr steifes Vornehmtun vergessen zu lassen.

Die kleine Königin wußte auch genau, daß mit Männern am besten dann zu verhandeln ist, wenn sie zuvor angenehm getafelt haben. Ein erfindungsreicher Koch war nach ihren Erfahrungen in vielen Fällen mehr wert, als ein Admiral, ein Heerführer und ein Gesandter zusammen. Und danach handelte sie. Aleta ließ den Gästen auftischen, was deren Herz begehrte, und sparte während der Tafel auch nicht an wohlgesetzten Worten.

Beim Abschied sagte sich so mancher Botschafter selbstgefällig: „Ich habe der Königin offenbar mächtig gefallen. Sie ist nett zu mir gewesen, warum sollte ich da nicht auch nett zu ihr sein und ihr entgegenkommen?"

Eisenherz konnte eine Bemerkung über die List seiner Frau nicht unterdrücken: „Schämen solltest du dich, so würdigen Männern Honig in den Bart zu streichen, du arglistige Schlange!" Doch das war nicht ernst gemeint.

Einige Tage später hatte er ein anderes Gespräch mit Aleta. „Ich sehe, daß hier alles in Ordnung ist, und möchte deshalb mit Gawain das Heilige Land besuchen." — Die Königin wußte, daß ihr Gatte nicht zu halten war, wenn er einen solchen Plan gefaßt hatte, und stimmte lächelnd zu.

Damals hatte jeder christliche Ritter den Wunsch, wenigstens einmal in seinem Leben Jerusalem zu besuchen. Der Prinz war schon dort gewesen, aber ohne Gawain. Nun landete er zum zweitenmal in Jaffa.

Von arabischen Händlern erwarben sie Pferde. Sie mußten allerdings Wallache nehmen, denn die Züchter wachten eifersüchtig darüber, daß weder eine Stute noch ein Hengst aus ihrer edlen Rasse in fremde Hände kam.

Von Jaffa nach Jerusalem führte der von den Pilgerzügen benützte Weg zuerst durch die Küstenebene und später über ein felsiges Hügelland. Während des Tages wurden die Menschen von Hitze und Durst geplagt, nachts dagegen war es so bitter kalt, daß sie kaum in den Schlaf kommen konnten.

Nach drei mühseligen und entbehrungsreichen Tagen erreichte der bewaffnete Zug, dem sich die beiden Ritter angeschlossen hatten, endlich Jerusalem. Wie alle vom Mittelmeer kommenden Besucher betraten sie die hochgebaute Stadt durch das Jaffator. Um eine erträgliche Unterkunft zu finden mußten sie allerdings noch stundenlang durch die menschenreichen, von steinernen Bögen überwölbten Straßen laufen und sich von Herberge zu Herberge durchfragen.

Ihre Beharrlichkeit wurde indes belohnt, denn sie entdeckten schließlich in der Oberstadt ein freies Quartier, das ihnen nach allem, was sie bis dahin an Unterkünften gesehen hatten, geradezu fürstlich vorkam. Dort schüttelten sie den Reisestaub von den Füßen und machten sich nach einer kleinen Stärkung gleich wieder auf den Weg, um die von Kaiser Konstantin über dem Heiligen Grab errichtete Kirche zu besuchen.

Als sie vor einem besonders stattlich gebauten Hause ihre Schritte verhielten, wurden sie zu ihrem Erstaunen aus einem Kellerfenster heraus in ihrer heimatlichen Sprache um Hilfe angerufen. Beim genaueren Hinsehen entdeckten die Ritter einen verwahrlosten Mann, der ihnen flehend die Hände entgegenstreckte.

„Bitte, helft mir, edle Herren aus Britannien! Fast zehn Jahre lang schmachte ich in diesem elenden Kerkerloch und bin mir doch keiner Schuld bewußt!“ so klang es kläglich zu den überraschten Rittern herauf.

Am Treppenaufgang über dem Kerkerfenster standen drei riesige Nubier, die zur Palastwache gehörten und nur darauf zu warten schienen, daß sich irgendein Fremder mit dem Gefangenen einlasse. Ihr hämisches und zugleich erwartungsvolles Grinsen mahnte den Prinzen jedenfalls sofort zur Vorsicht. Geistesgegenwärtig tat er, als habe er kein Wort verstanden, und wandte sich unbeteiligt ab, um seinen Weg zur nahen Kirche mit Gawain gelassen fortzusetzen.

Als sie das Gotteshaus von außen besichtigt hatten, traten sie ein und vergaßen an diesem heiligsten Ort der Christenheit für eine Weile sogar den unglücklichen Mann im Kerker. Nach einem langen, innigen Gebet weihten sie ihre Schwerter erneut der Gerechtigkeit.

Später durchquerten sie das Tal des Kidron und rasteten dann im Garten Gethsemane. „Ich möchte nur wissen, warum der Brite so hart bestraft wird?“ meinte Gawain, und Eisenherz stimmte ihm bei.

Die Ritter beschlossen, diesem geheimnisvollen Fall nachzugehen. Daheim in der Herberge sprachen sie ausführlicher darüber. Peter, der zuhörte, konnte schon eine kleine Aufklärung geben. „Der Gefangene ist Sir Basil Highmoor. In der Stadt erzählt man sich, er werde schon seit zehn Jahren von Ben el Rasch, dem Obersten Richter, gefangen gehalten."

Gawain gab Peter einige Münzen und sagte: „Besuche damit die Stätten, wo die Dienerschaft verkehrt, und versuche, möglichst viel über den Richter und seinen Gefangenen zu erfahren!"

Das war ein Auftrag so recht nach Peters Geschmack. Er klingelte vergnügt mit den Münzen und lenkte seine Schritte zur nächsten Schenke.

Palästina war schon seit Jahrhunderten eine römische Provinz, in der jeder Bürger, der etwas gelten wollte, der lateinischen Sprache mächtig sein mußte. Peter kam ebenfalls aus einer römischen Provinz, nämlich aus Gallien, und hatte deshalb keinerlei Mühe, sich mit den Bewohnern von Jerusalem zu verständigen.

Solange seine paar Silberlinge reichten, zog er pflichtgetreu von einer billigen Schenke zur anderen und kam so mit vielen Menschen zusammen, die sich bereitwillig auf Gespräche über den Gefangenen und dessen Kerkermeister einließen.

Vollbeladen mit neuem Wissen und ebenso voll auch vom genossenen Weine, wankte er dann nach Hause, um seinen Herren zu berichten.

Peter war in einem so seligen Zustand, daß ihm Gawain zuerst eine Wasserkur verordnen mußte. Dann berichtete der Genießer, daß Ben el Rasch, so hieß der Besitzer des Hauses, nicht bloß der Oberste Richter in Jerusalem, sondern auch der Scheich eines mächtigen Beduinenstammes sei und nur sein eigenes Recht anerkenne, nicht aber auch das Recht, das andere Menschen beanspruchen.

„Für Ben el Rasch", so fuhr der Diener fort, „ist der britische Edelmann etwas Ähnliches wie für den Angler der Köderbissen. Schon viele christliche Ritter sind darauf hereingefallen und haben versucht, dem Gefangenen zu helfen. Der Scheich ließ sie durch seine nubische Wache dann selber gefangen setzen, bis sich jemand bereitfand, ein Lösegeld zu bezahlen."

Nach dieser Aufklärung besorgte sich der Prinz die übliche Landestracht und beobachtete in dieser Verkleidung unauffällig das Leben im Palast des Richters. Bald hatte er herausgefunden, daß sich der Scheich täglich zur gleichen Stunde in einer von Bewaffneten begleiteten Sänfte zum Abendgebet in das nahe Gotteshaus tragen ließ. Eine der dabei zu durchschreitenden Gassen war so eng, daß die Sänfte kaum hindurchkommen konnte.

Um Platz zu schaffen, drängte einer der Wächter den Prinzen rücksichtslos in einen Torbogen. Eisenherz ballte die Fäuste und . . . schwieg. Der grobe Geselle hatte ihm zu einer plötzlichen Erleuchtung verholfen. Als die Sänfte schon längst außer Sicht war, stand er noch immer in der Tornische und dachte weiter nach. Sein Einfall zur Befreiung des Herrn Basil gefiel ihm ausgezeichnet. Dieser Plan mußte unbedingt klappen. Wenn nicht mit diesem, dann eben mit einem anderen Haus in der Gasse.

Entschlossen klopfte Eisenherz an die Pforte. Der Besitzer des Hauses nahm ihn mit aller Höflichkeit auf, zu der ein Orientale fähig ist, doch war er unter keinen Umständen bereit, sein Anwesen, und sei es nur für wenige Tage, an einen Fremden zu vermieten; immerhin konnte er den Prinzen aber an einen Nachbarn verweisen, der eine längere Reise vorhatte und tatsächlich auch sofort auf den gewinnbringenden Handel einging.

Daheim berichtete der Prinz: ,,Oh, mein Freund, wenn du nur nachfühlen könntest, wie herrlich es ist, einen scharfen Verstand zu besitzen. Mit meinem hellen Köpfchen habe ich alles gelöst. Höre mir gut zu!"

Der so hochtrabend angesprochene Gawain machte zuerst ein saures Gesicht. Als er dann aber das Nähere erfuhr, war auch er begeistert. Anderntags zu der Stunde, da sich el Rasch durch die Gasse tragen ließ, stand an einem Tor eine gebeugte Gestalt, die sich auf ihren Stab stützte.

Einer der Wächter drängte den Prinzen wieder zur Seite, erhielt aber dieses Mal als Antwort einen Schlag mit dem Stecken über den Kopf. Gleich darauf schob der Prinz seinen Stock zwischen die Tragholme der Sänfte und benützte ihn nun als prächtig wirkenden Hebel. Ehe sich's el Rasch versah, kippte er aus dem weichen Sitz in die harten Arme des bereitstehenden Gawain, der ihn sofort ins Innere des Anwesens zerrte.

Die verdutzten Wächter hatten das Geschehen noch kaum recht begriffen, da schlug ihnen der Prinz das schwere Tor schon vor der Nase zu. Die beiden Entführer mußten jetzt schnell handeln, denn allzu lange konnte das Holzwerk dem Ansturm der Leibgarde gewiß nicht trotzen.

Der Scheich wurde gefesselt und geknebelt in einen Sack gesteckt und auf das flache Dach des Anwesens getragen. Wenn die Flucht gelang, wollten die Freunde ihren Gefangenen gegen Sir Basil austauschen.

Den Leibwächtern dauerte das Aufbrechen des Tores zu lange; sie suchten deshalb ihren Weg über die mit Eisenspitzen bewehrte Mauerkrone, doch war auch das kein leichtes Unterfangen.

So erreichten die Ritter mit ihrem Gefangenen ungestört eine benachbarte Sackgasse, wo Peter bereits mit einer Eselskarre auf sie wartete. Mit diesem landesüblichen Gefährt konnten sie ihrer eigenen Meinung nach niemand auffallen. Das war indes eine falsche Annahme.

Immerhin gelangten die Ritter ungefährdet in ihr Quartier, wo Peter den Gefangenen an eine Kette legte und von seinem Knebel befreite. Von dem Vorschlag, die eigene Freiheit durch die Herausgabe des Herrn Basil zu erkaufen, wollte der selbstbewußte Mann freilich nichts wissen.

„Meine Stammesbrüder", so sagte er vielmehr drohend, „werden sich versammeln und so lange die Stadt durchsuchen, bis sie mich gefunden haben. Ich möchte dann nicht in eurer Haut stecken!"

Als Eisenherz unauffällig aus dem Fenster schaute, gewahrte er tatsächlich einige Wüstensöhne, die spähend durch die Straßen zogen.

Am Tor meldete sich aber auch ein verschlagen dreinschauender Syrier, der Peter erklärte, daß er den Gefangenen für viel Geld kaufen wolle.

Der Diener meldete dieses überraschende Verlangen seinen Herren und erhielt nach kurzer Beratung den Auftrag, den Fremden hereinzuführen. Da dieser allein war, konnte er wohl kaum gefährlich werden.

Im Hause erneuerte der Besucher sein Angebot, aber die Ritter wollten zuerst erfahren, woraus er überhaupt schließe, daß der vermißte Scheich bei ihnen sei.

Dieser Frage wich der Syrier aus, indem er erklärte: „Ben el Rasch hat mich tödlich beleidigt. Wenn ich ihn langsam sterben sehen könnte, würde ich jede Summe für diesen Genuß bezahlen. Im übrigen tätet Ihr gut daran, meinem Angebot zu folgen, denn früher oder später machen Euch die Leute des Scheichs doch ausfindig und dann ist es um Euch geschehen. Wer den Obersten Richter kennt, weiß, daß er auch in viel harmloseren Fällen keine Gnade übt."

„Keine Sorge!" erwiderte der Prinz. „Aber Ihr wolltet doch berichten, warum Ihr diesen Ben el Rasch ausgerechnet in unserem Hause vermutet. Wir sind ja schließlich Fremde, die nur zu einem kurzen Besuch hier weilen."

„Euer Diener hat etwas zuviel nach Ben el Rasch und dem gefangenen Christen herumgefragt. Das ist meinen Horchern aufgefallen. Alles andere war eine Kleinigkeit; wir ließen Euch nicht mehr aus den Augen."

Nach dieser Erklärung wußte Eisenherz, daß Peters Schwatzhaftigkeit eine doppelte Gefahr heraufbeschworen hatte. Er ging in den Nebenraum zu Ben el Rasch und sprach: „Ich verlange jetzt zum letztenmal von dir, daß du Sir Basil freigibst und dadurch deine eigene Freiheit zurückgewinnst. Weigerst du dich aber, so wartet drüben ein gewisser Syrier, der bereit ist, sehr viel Geld dafür auszugeben, daß er dich in seine Gewalt bekommt. Du kennst ihn gut und weißt auch, was er mit dir vorhat!"

Der Scheich wurde bleich vor Schrecken und Wut. „Ich weiß es", schrie er, „aber mein Stamm wird mich finden, tot oder lebendig!" —

Während seiner zehnjährigen Gefangenschaft hatte Herr Basil fast jede Hoffnung verloren. Er ahnte nicht, was jetzt alles um seinetwillen geschah.

Aus Syrien kamen bewaffnete Männer mit lächelnden Lippen und listigen Augen. Aus den umliegenden Wüsten dagegen zogen schweigsame Araber in die zunehmend unruhiger werdende Stadt ein.

Am politischen Himmel Jerusalems braute sich ein schweres Unwetter zusammen. Schon seit Menschengedenken herrschte zwischen den Syriern und den Arabern eine erbitterte Feindschaft. Nun erhielten beide Lager bewaffneten Zuzug und drohten jeden Augenblick zusammenzuprallen.

Der römische Statthalter war indes wachsam und merkte bald, was sich da anbahnte; er ließ die Streifen verstärken und blieb dadurch zunächst noch Herr der Lage.

Eisenherz, dem das alles nicht verborgen blieb, kam zu der bösen Erkenntnis, daß seine Bemühungen um Sir Basil zu einem Krieg zwischen den feindlichen Stämmen führen konnten, wenn er nicht sofort etwas unternahm. Aber was? Der Scheich war sich seiner Sache so sicher, daß er sogar Drohungen ausstieß. „Ob ich am Leben bleibe oder sterben werde ist noch ungewiß", sagte er. „Dich aber zerfetzen die Klingen meiner Brüder auf jeden Fall!"

Auch der Syrier, der seine Macht von Stunde zu Stunde wachsen sah, drohte unverhüllt: „Wenn du mir Ben el Rasch verkaufst, erhältst du zehn Beutel voller Gold, dazu einen Hengst und eine Stute aus unserem besten Blut, die du sonst für noch soviel Kostbarkeiten nicht erwerben kannst. Weigerst du dich aber, dann kommen meine Krieger und holen ihn. Solltest du jedoch die Römer um Hilfe angehen, so lasse ich den Arabern einen Wink über den Verbleib ihres Scheichs geben und verdopple damit die Zahl deiner Feinde!"

Eisenherz zwinkerte seinem Freund verstohlen zu und sagte zu dem Syrier: „Eigentlich ist uns dieser Scheich soviel Aufregung gar nicht wert. Erwarte uns zur Gebetsstunde vor der Mauer am Davidsturm."

In den wenigen Stunden, die bis dahin blieben, gab es viel zu tun. Eisenherz ließ sich in einer Schmiede ein merkwürdiges Werkzeug machen. Als die Arbeit beendet war, erhielt Peter einen Auftrag, der ihm mehr als kitzelig vorkam. Hätte er nicht soviel Vertrauen zu seinen beiden Rittern gehabt, so wäre er am liebsten daheim geblieben. Nachdem ihm Gawain noch einmal gut zugeredet und auch einige Münzen in die Hand gedrückt hatte, begab sich der Diener zu den Basaren, wo er während des Einkaufs einige gut einstudierte Bemerkungen unter die Leute brachte.

Gleich darauf verbreitete sich mit Windeseile das Gerücht durch die Stadt, daß am Davidsturm zwei Fremde dabei seien, den Obersten Richter an die Syrier auszuliefern.

Diese Kunde hatte soviel Wahrscheinlichkeit für sich, daß niemand an ihr zweifelte. So griffen die Araber stillschweigend zu den Waffen und strömten in Scharen hinaus.

Die Syrier, fest überzeugt, daß ihnen der Scheich übergeben werde, warteten

bereits vor der Mauer, doch war auch der Statthalter zur Stelle, der die feindlichen Haufen mit seinen Legionären auseinanderhielt und das Tor versperren ließ. Mit diesen beruhigenden Neuigkeiten kehrte Peter ins Quartier zurück, wo er sofort einen neuen Auftrag erhielt, zu dessen Ausführung er sich zunächst einmal Frauenkleider besorgen mußte.

Nun standen nur noch die Wächter im Wege. Peter zeigte ihnen den Ring des Scheichs und sagte: „Der Herr befiehlt euch, sofort ins Quartier der christlichen Ritter zu kommen und ihn zu befreien!“

Als dann die Wächter weggeeilt waren, stellte sich Gawain ans Tor, um die Dienerschaft fernzuhalten.

Die Nubier fanden ihren Herrn tatsächlich am bezeichneten Ort, bedachten aber nicht, daß der Palast während ihres Befreiungswerkes ohne Schutz war. Bis sie die Kette von den Handgelenken des Richters gelöst hatten, verloren sie kostbare Zeit. Inzwischen konnte der Prinz mit dem von ihm selbst erdachten Hebelarm ungestört an die Lockerung der eisernen Gitterstäbe des Kerkerloches gehen. Peter half ihm dabei, indem er eines der Pferde an die lange Griffstange spannte und nach Kräften antrieb.

So gelang das Unternehmen. Nach zehnjähriger Gefangenschaft taumelte Herr Basil mit einem Seufzer der Erlösung ins Freie.

Das Leben der Befreier war jetzt allerdings keinen Pfifferling mehr wert. Der Prinz wußte, daß bald hunderte von Schwertern nach ihrem Blute lechzen würden. Vorläufig blieb der kleine Zug indes noch ungeschoren; ohne weiter aufzufallen, konnte er die Stadt auf der dem Davidsturm entgegengesetzten Seite verlassen. Herr Basil, dem man schnell einen Turban aufgesetzt hatte, machte dabei auf einem Eselchen den Nachtrab. Bald lag Jerusalem hinter ihnen, nicht aber auch die Gefahr.

Sie zogen die ganze Nacht über weiter durch das fremde, feindliche Land und ließen sich erst beim Morgengrauen an einer vom Karawanenweg etwas abgelegenen Stelle zur Rast und Beratung nieder.

„Unsere Gegner vermuten uns wahrscheinlich auf der Flucht nach Jaffa, wo unser Schiff vor Anker liegt. Dorthin sollten wir also nicht gehen“, erklärte der Prinz. „Außerdem haben wir feierlich gelobt, nicht allein Jerusalem, sondern alle heiligen Stätten zu besuchen!“

„Auch ich habe einst den Pilgereid geleistet“, unterbrach ihn da Sir Basil. „Jetzt, nachdem ich endlich wieder ein freier Mann bin, will ich meine Wallfahrt vollenden!“

„Warum pilgern wir dann nicht gemeinsam nach Nazareth?“ fiel Gawain ein. „Das wäre doch in unser aller Sinn. Der Himmel möge jedem Araber oder Syrier beistehen, der es wagen sollte, uns an der Fortsetzung unserer Wallfahrt zu hindern.“

‚Nach der Rast verbargen die Gefährten ihre auffallenden Waffen unter der faltenreichen Landestracht; dann zogen sie nordwärts weiter.

Noch am nämlichen Tag stießen sie auf eine nach Damaskus ziehende Karawane, der sie sich anschlossen. In der großen Masse, so hofften sie, würden sie weniger auffallen als allein. Dabei übersahen sie freilich, daß sie sich durch ihre Haltung und durch viele Kleinigkeiten in ihrem Benehmen wesentlich von den sie umgebenden Orientalen unterschieden. Diese Kleinigkeiten sollten bald zu blutigen Zwischenfällen führen.

An der Spitze des Zuges ritt ein vornehm gekleideter und kostbar bewaffneter Araber, der aus Jerusalem kam und die jüngsten Ereignisse dort kannte, soweit sie bis zur Stunde seines Aufbruchs übersehbar waren.

Dieser Mann vermutete hinter dem Prinzen und seinen Gefährten gleich die Leute, die dem Obersten Richter so übel mitgespielt und dessen Gefangenen entführt hatten. Um seiner Sache sicher zu werden, hielt er sich eine Zeitlang an der Seite der Verdächtigen auf, wobei er bald entdeckte, daß diese unter den Mänteln fremde Rüstungen trugen.

Nun bestanden bei dem Araber keinerlei Zweifel mehr; er verhielt sein Roß so lange, bis der Zug nur noch als Staubwolke erkennbar war; dann wendete er und sprengte in höchster Eile zurück nach Jerusalem. —

Am dritten Tag der gemeinsamen Reise erreichte der Zug eine Wegegabel. Die Karawane zog in nördlicher Richtung nach Galiläa weiter; die Ritter aber wählten den linken Weg, der nach Nazareth führte.

Um diese Zeit etwa hatte der findige Araber die in Jerusalem zurückgebliebenen Stammesbrüder von el Rasch alarmiert, die sich alsbald versammelten und racheschnaubend nach Norden stürmten. Nun waren die Verfolger wieder auf der richtigen Fährte.

Von Jerusalem nach Nazareth, das im Norden des Landes liegt, sind es, alle Umwege eingerechnet, fast hundert Meilen. Den größten Teil davon hatten die Ritter bereits zurückgelegt, doch war ihre Marschgeschwindigkeit immer gering gewesen, da sie in den schweren Rüstungen zu Fuß gehen mußten. Immerhin erreichten sie Nazareth so zeitig, daß sie ihre Gebete an der heiligen Stätte ungestört verrichten konnten.

Nachdem sie so einen Teil ihres Gelübdes erfüllt hatten, war ihr nächstes Ziel Bethlehem, und dieses lag noch etwas südlicher als Jerusalem. Das bedeutete, daß sie den beschwerlichen Weg jetzt in der umgekehrten Richtung zurücklegen mußten. Und zwar wieder zu Fuß, denn es war ihnen in Nazareth nicht gelungen, weitere Pferde aufzutreiben.

Als sie sich der Wegegabel näherten, gewahrten sie von einer Anhöhe aus etwa hundert bewaffnete Araber, die nach Norden trabten. „Ich möchte wetten", sagte Gawain, „daß das unsere Freunde aus Jerusalem sind!"

Diesem Verdacht konnte der Prinz nicht widersprechen; zur Sicherheit wählte er deshalb für den Weitermarsch den etwas umständlicheren, dafür aber einsameren Weg durch das Tal des Jordans.

Zwei Tage lang ging das gut. Dann entdeckten sie eine umherschweifende Araberschar, deren Blicken sie sich gerade noch entziehen konnten. Die Pilger wußten jetzt, daß man ihre Spur entdeckt hatte.

Nach dieser Feststellung gab es für den Prinzen kein langes Überlegen mehr. Wenn ihnen die hartnäckigen Verfolger schon so dicht auf den Fersen lagen, dann konnte auch der Mummenschanz mit den einheimischen Gewändern und dem immer noch als Frau verkleideten Peter nichts mehr nützen. Also warfen sie das hinderliche Zeug weg und machten sich mit den bis dahin auf den Pferden im Gepäck verborgenen Lanzen kampfbereit. —

Im nächsten Dorfe erfuhren die Verfolger zu ihrem Erstaunen am Brunnen, daß die Gesuchten, die sie doch vor sich glaubten, noch nicht durchgezogen seien. Eine heimliche Umgehung des Ortes war bei den herrschenden Geländeverhältnissen so gut wie unmöglich. Der Anführer der Araber vermutete deshalb sofort den richtigen Sachverhalt. Um aber völlig sicher zu gehen, schickte er zehn Reiter als Kundschafter zurück.

Diese Späher wurden von Peter, der sich abseits von den rastenden Gefährten aufhielt, zuerst gesichtet; er lief aufgeregt zum Lagerplatz und meldete seinen Herren die drohende Gefahr sowie die Zahl der unvermutet wieder aufgetauchten Feinde.

„Was, nur zehn?“ fragte der immer etwas zum Leichtsinn neigende Gawain. „Die teilen wir uns brüderlich. Du, Eisenherz, nimmst die einen fünf, die anderen gehören mir. Ich könnte aber um den größten Krug Wein mit dir wetten, daß ich meine Hälfte schneller aus dem Sattel fege, als du die deinige, mein Lieber!“

Die anrückenden Araber hatten zunächst allerdings eine wesentlich andere Meinung über den Ausgang des bevorstehenden Kampfes, denn sie waren der Zahl nach überlegen und erwarteten abgesehen davon auch gar nicht, daß sich die Handvoll Christen ernsthaft zur Wehr setzen würde. Siegesgewiß und ohne ihre Lage richtig einzuschätzen, trieben sie ihre Rösser an und stürmten unter gellenden Kriegsrufen auf ihre vermeintlich so leichte Beute zu.

Inzwischen hatten sich die beiden Ritter auf die Pferde geschwungen und warteten in aller Ruhe mit eingelegten Lanzen die unvermeidlich gewordene Auseinandersetzung ab.

Für die Araber folgte ein böses Erwachen. Sie hatten ein paar verängstigte Kaninchen erwartet, die schon beim ersten Ansturm davonlaufen und ihnen so erst recht zur leichten Beute würden. Statt dessen stießen sie auf zwei eisenharte Gegner, die keinen Schritt vom Fleck wichen und ihren Haufen im Nu durcheinanderwirbelten. Für eine Änderung der Angriffstaktik war es jetzt zu spät; außerdem lagen auch schon drei Araber reglos hingestreckt im Sand, so daß es mit der zahlenmäßigen Überlegenheit auch nicht mehr weit her war.

Bei der Abwehr dieses Ansturms waren beider Ritter Lanzen gebrochen, doch das störte die Freunde nicht; sie hatten ja ihre Schwerter.

Diese nordischen Langschwerter waren gegenüber den kurzen Krummsäbeln der Araber auch beim Reiterkampf die wirksamere Waffe, und so bekamen die Wüstensöhne in wenigen Augenblicken mehr Schläge, als ihnen lieb sein konnte. Die sieben Männer, die sich bis dahin noch im Sattel gehalten hatten, lösten sich entsetzt von den rasenden Teufeln und galoppierten einer nahen Anhöhe zu. An eine Verfolgung konnten Eisenherz und Gawain nicht denken; dazu waren sie in ihren schweren Rüstungen nicht beweglich genug.

Als die Araber merkten, daß sie außer Gefahr waren, verhielten sie ihre Pferde und setzten den Kampf mit ihren kurzen, mehrfach geschwungenen Hornbogen aus sicherer Entfernung fort. Das war zwar ein ungenaues Schießen, aber schließlich wurde der Schimmel des Prinzen doch so unglücklich getroffen, daß er sich aufbäumte und dann zu Boden ging, wobei es Eisenherz gerade noch gelang, aus dem Sattel zu springen.

Bei diesem erschreckenden Anblick vergaß Peter wieder einmal, daß er im Grunde seines Herzens kein heldischer Mann war; er, der sich bisher ohne einzugreifen im Hintergrund gehalten hatte, begriff sogleich, worauf es nun ankam, und zerrte des Prinzen Langbogen aus dem Gepäck. Diese Waffe, die weiter reichte und auch treffsicherer war als der orientalische Bogen, brachte er ungeachtet der anschwirrenden Pfeile zu seinem Herrn, der sie spannte und, gedeckt von Peter, mit der Vergeltung begann.

Ehe die sich schon wieder überlegen fühlenden Araber die neue Gefahr erkannt hatten, waren drei weitere Sättel geräumt. Die übrigen Männer suchten ihr Heil in der Flucht.

Die erbeuteten Pferde und Rüstungsstücke wurden eingesammelt. Nun konnte sich auch Sir Basil bewaffnen.

Ein Gefangener, der verwundet auf dem Kampfplatz zurückgeblieben war, verriet den Rittern, daß sich noch neunzig seiner Stammesbrüder in der Nähe befänden. Für die Freunde war das keine erschütternde Neuigkeit, denn sie hatten den Trupp erst vor wenigen Stunden mit eigenen Augen gesehen. Immerhin schien es ihnen geraten zu sein, den Schauplatz bald zu wechseln.

„Nach Süden müssen wir auf jeden Fall", erklärte der Prinz, „aber die Araber, die da vor uns die Straße sperren, werden uns bestimmt nicht freiwillig

durchlassen. Wir müssen unsere hitzköpfigen Freunde also irgendwie umgehen; am besten auf der anderen Seite des Flusses."

Nach einigem Suchen fanden sie am Ufer des Jordans ein Boot, das groß genug war, um die Menschen und auch das Gepäck aufzunehmen. Die Pferde allerdings mußten hinterherschwimmen, doch taten sie das bei der in der Talsenke brütenden Hitze gerne.

Kaum lag das Boot jedoch draußen im Fluß, da tauchten an dem soeben verlassenen Ufer die mit Verstärkung zurückgekehrten Araber auf. Nur die Pfeilschüsse des Prinzen hinderten sie daran, dem Kahn übers Wasser zu folgen. Die Wüstensöhne erkannten die Aussichtslosigkeit ihres Beginnens und zogen sich zurück, wahrscheinlich um irgendwo flußabwärts einen Übergang zu suchen, den sie ohne Gefahr benutzen konnten.

Herr Gawain, der genau wie die anderen immer noch entschlossen war, die Pilgerfahrt gemäß dem abgelegten Gelübde in der überlieferten Weise zu beenden, hatte einen vernünftigen Einfall. Er meinte, man sollte in dieser Lage genau das tun, was die Araber nicht erwarteten, nämlich das Ufer sofort erneut wechseln.

Diesem Vorschlag stimmten alle zu. Dann reichten sich die Gefährten die Hände und erneuerten gemeinsam den Schwur, die Pilgerfahrt entweder erst in Bethlehem zu vollenden oder aber in der Gefahr unterzugehen.

Um zu sehen, wo die Araber geblieben waren, stiegen die Ritter zunächst den Talhang hinauf. Von dieser Höhe aus konnte der Prinz beobachten, daß die Reiter tatsächlich flußabwärts das Ufer wechselten.

Nun war es Zeit, den Vorschlag Gawains auszuführen. Die Gefährten wurden jedoch mitten im Fluß überraschend durch Pfeilschüsse bedroht. Offenbar hatten die Araber einige Beobachter zurückgelassen. Der Prinz antwortete mit seinem Langbogen; zu einem großen Kampf kam es aber nicht, denn die Wächter, die ihren Auftrag erfüllt hatten, zogen sich schon nach den ersten Schüssen zurück. Die Ritter konnten also ungestört landen.

Am Ufer berieten die Freunde noch einmal kurz. Sie hatten jetzt gute Pferde und auch so viele, daß ein Wechsel möglich war. Ihr Vorsprung gegenüber der Hauptschar der Araber schien daher für lange Zeit gesichert zu sein; von den kleinen Spähtrupps aber erwarteten sie keine Gefahr. —

Am selben Tag empfing Ben el Rasch in seinem Palast eine ihm überaus wichtig erscheinende Nachricht. „Die Christen sitzen zwischen Jericho und Nazareth in der Falle!“ meldete ein soeben aus dem Norden eingetroffener Bote. „Sie werden uns nicht noch einmal entkommen!“

Der Scheich gab seiner Leibwache den Befehl zum Aufbruch, denn er wollte die Christen mit seinen eigenen Augen sterben sehen.

Die Freude auf dieses Schauspiel war indes verfrüht. In Jerusalem lauerte nämlich immer noch ein gewisser Syrier, der auch auf Rache sann und sofort von dem Aufbruch erfuhr. Nun lag der Tod in der Luft.

Aus Jerusalem heraus ritt Ben el Rasch, um ein grausames Gericht abzuhalten. Der Scheich war sich seiner Sache völlig gewiß und ahnte nicht, daß ihm sein eigener Todfeind bereits mit einer Übermacht auf den Fersen lag und womöglich noch heftiger nach Rache dürstete. So bereitete sich ein blutiger Zusammenstoß zwischen drei Parteien vor, von denen jede einzelne jede der beiden anderen vernichten wollte. —

Von diesem sich zusammenbrauenden Unheil konnten die wachsam ihres Weges weiterziehenden Pilger natürlich nichts wissen. Bei den Ruinen von Jericho glaubten sie, noch einen guten Vorsprung vor ihren Verfolgern zu haben. Nun machte sich aber ein neuer Feind zusehends unliebsamer bemerkbar, gegen den selbst die besten Waffen nicht helfen konnten. Es war die Sonne, die immer unerträglicher vom Himmel brannte. Der breiter werdende Jordan näherte sich in dieser Landschaft schon dem Toten Meer, dessen Ufer fast vierhundert Meter unter dem Spiegel des Mittelmeeres liegen.

Die verfolgenden Araber waren an das mörderische Klima gewöhnt und kamen so in den Besitz eines nicht zu unterschätzenden Vorteils.

Wie nahe die Wüstensöhne inzwischen gekommen waren, enthüllte sich den überraschten Pilgern erstmals am Nachmittag, als ihnen der Wind verdächtige Rufe zutrug. Eisenherz spähte über einen Hügelkamm hinweg vorsichtig auf die Strecke, die sie gekommen waren, und entdeckte dabei alsbald eine Staubwolke, an deren Spitze sich weiße Punkte bewegten.

Das konnten nur die Araber sein! Die Freunde warteten in einem vom Weg her nicht einzusehenden Versteck, bis der Zug vorbeigetrabt war, dann bogen sie selber nach rechts ab und stiegen in das felsige Hügelland von Judäa hinein. Dadurch kamen sie zwar näher an Jerusalem heran, doch schien ihnen das in dieser Lage das geringere Übel zu sein.

Nach einem kurzen Ritt hörten sie vor sich die gellenden Hilferufe einer Frau. Sie trieben ihre Pferde an und gewahrten schon an der nächsten Biegung des durch die Felsen führenden Pfades ein junges Weib, das sich mit Händen und Füßen gegen einen Haufen bewaffneter Männer wehrte und dem die Kleider schon in Fetzen vom Leib hingen. Wenngleich jede verlorene Minute den eigenen Tod bedeuten konnte, so zögerte der ritterliche Herr Gawain doch keinen Augenblick, der Bedrohten Hilfe zu bringen. Der daraus entstehende Kampf dauerte zwar nicht lange, als er aber vorbei war, ließen sich aus der Ferne schon wieder die Rufe der nachgerückten Verfolger hören.

„Meinen Vater haben diese Räuber auch gefangen“, erklärte das blutjunge und heftig zitternde Mädchen. „Bitte, befreit ihn aus den Händen seiner Feinde, die ihn zu Tode martern wollen!“

„Wer ist denn dein Vater?“ wollte Gawain wissen.

„Ben el Rasch, der Oberste Richter!“ antwortete das Mädchen.

Diese überraschende Antwort verriet dem Prinzen, wie verzwickt inzwischen alles geworden war. Unmittelbar hinter ihm und seinen Gefährten ritten die Stammesbrüder des Ben el Rasch; voraus an der Straße aber stand der Syrier mit seinen Leuten und freute sich hämisch darüber, daß es ihm gelungen war, eben jenen Ben el Rasch in seine Gewalt zu bekommen. Die Tochter dieses Ben el Rasch wiederum befand sich in den Händen der Christen, denen die Araber und die Syrier gleichermaßen nach dem Leben trachteten.

Die Pilger waren nun in der Gefahr, zwischen zwei Mühlsteinen zerrieben zu werden, aber Eisenherz behielt seinen klaren Kopf und sagte nach kurzem Überlegen: „Nimm die Lanze, Gawain, wir brechen beim Syrier durch!“

Sie durchstürmten den syrischen Haufen, ohne Schaden zu nehmen, denn links und rechts liefen die ledigen Pferde, die alles überrannten, was nicht wich. Während sie noch den Hügel hinaufgaloppierten, erhob sich hinter ihnen ein neues Geschrei. Die feindlichen Gruppen waren aneinandergeraten und so mit sich selbst beschäftigt, daß die Pilger ihre Pferde zügeln konnten.

Als die Araber entdeckten, daß ihr Scheich in den Händen seiner schlimmsten Feinde war, kannte ihre Wut keine Grenzen mehr. Diesen Kampf konnte

nur einer überleben: entweder Ben el Rasch oder der Syrier. Eisenherz beschloß, den augenblicklichen Vorteil zu nutzen und kurzerhand über Jerusalem nach Bethlehem zu reiten. —

Die Freunde erreichten die Heilige Stadt noch vor Sonnenuntergang. Weit hinter ihnen, im felsigen Bergland war immer noch der erbitterte Kampf zwischen den Männern des Scheichs und denen des Syriers im Gange, so daß den Pilgern vorerst keine größere Gefahr drohte. Zur Vorsicht wollten sie das Innere von Jerusalem trotzdem nicht betreten.

Vor dem Tore sagte Eisenherz zu dem Mädchen: „Wir müssen dich jetzt verlassen, aber in der Stadt bist du gut aufgehoben. Und solltest du jemals in diesem Leben deinen Vater wiedersehen, so bestelle ihm die herzlichsten Grüße!“ — Dem Mädchen schien irgend etwas nicht ganz recht zu sein. Es wandte sich schmeichlerisch an Gawain und sagte: „Willst du mich denn nicht als Geisel bei dir behalten? Ihr wäret dann alle sicher!“

Doch der Ritter lehnte dankend ab. „Deine dunklen Augen, liebes Kind“, so sprach er milde, „sind gefährlicher als deines Vaters schärfster Dolch. Ich möchte mich doch lieber auf mein gutes Schwert verlassen!“

„Mußt du denn immer solchen Unsinn daherreden?“ spottete der Prinz nach dem rasch vollzogenen Abschied beim Weiterreiten.

„Oh, lehre du mich die Frauen kennen! Die junge Dame dürfte ihren Vater so beeinflussen, daß er es nicht wagen wird, mir auch nur ein Haar zu krümmen! Du kannst glücklich sein, lieber Eisenherz, einen Freund zu besitzen, um den sich alle Mädchen reißen!“ In dieser scherzhaften Prahlerei lag etwas Wahres. Das Mädchen schaute dem Ritter noch lange nach und schwor, daß diesem durch ihren Vater kein Leid geschehen dürfe.

Prinz Eisenherz und seine Gefährten ritten weiter nach Bethlehem, wo sie sich einige Ruhetage gönnten. Ihr Pilgergelübde war nun erfüllt. Sie hatten an allen heiligen Stätten des Landes gebetet und durften das Zeichen der gekreuzten Palmzweige auf den Mänteln tragen.

Für ihre Rückkehr zur Küste wählten sie die große Karawanenstraße über Jerusalem, auf der sie ihr Schiff am schnellsten und unter den gegebenen Umständen auch am sichersten erreichen konnten. Die Stadt selber betraten sie wohlweislich auch diesmal nicht; sie verhielten vielmehr in einiger Entfernung von ihr und warfen von da aus einen letzten Blick auf die vom freundlichen Licht der Morgensonne umschmeichelten Wälle und Türme.

Zur gleichen Stunde verließ ein langer Zug von Soldaten das Jaffator. Den Gesprächen des zuschauenden Volkes konnte der Prinz entnehmen, was das zu bedeuten hatte. Die römischen Kohorten waren abgerufen worden, um in der Heimat beim letzten Versuch zur Rettung des Reiches mitzuhelfen.

Damit wurde im Buch der Geschichte eine neue Seite aufgeschlagen. Im gleichen Maße, wie Roms Macht dahinsank, wuchs der Freiheitsdrang der unterjochten Völker. Gerade das Volk der Araber spielte dabei eine gefährliche Rolle für das Abendland. In mehreren Wellen überfluteten sie Nordafrika und trugen ihre Macht schließlich über Spanien nach Südfrankreich hinein, bis es dem Franken Karl Martell im Jahre 732 gelang, die aufgewühlten Massen in der Schlacht bei Tours und Poitiers zum Stehen zu bringen. —

Auf den Nebelinseln hatten die Dinge ihren Fortgang genommen. Aleta war von ihren Regierungsgeschäften aber so beansprucht, daß sie ihrem Sohn nicht immer die nötige Aufmerksamkeit schenken konnte. Arne hatte deshalb viel Zeit; er befreundete sich mit Paul, dessen Vater ein einflußreicher Höfling war. Die Abenteuer, die sie planten, scheiterten freilich immer wieder am gleichen Hindernis, nämlich am Palasttor, das so gut bewacht war, daß sie es ungesehen nicht durchschreiten konnten.

Bei einem ihrer Gespräche mischte sich irgendein ‚Dingsda' drein und behauptete keck: „Ich kann jederzeit hinaus . . . das ist ganz leicht!"

„Beachte doch den Lumpenkittel nicht, der Vater ist ja bloß ein Grobschmied“, sagte der vornehme Paul hochmütig.

Nun hätte die Frage der Herkunft den Prinzen gewiß nicht sonderlich berührt; beim genaueren Hinsehen machte er eine viel entscheidendere, eine schreckliche Entdeckung. „Was? Du bist ja ein Mädchen!“ herrschte er verwundert und voller Ablehnung das spindeldürre Geschöpf an.

„Klar, bin ich ein Mädchen, man nennt mich Diana“, schnatterte da die Kleine los. „Aber ich kenne trotzdem einen Weg, der aus dem Palast hinaus zu einer Höhle an der Küste führt. Eine ziemlich gefährliche Sache ... ich weiß nicht, ob ihr da mitmachen wollt. Außerdem kann ich nach Austern tauchen und Fische fangen. Und braten kann ich das alles ... pah, viel besser als eure fetten Köche im Palast.“ —

Jeder Mann hat seinen Kaufpreis! So erlag nun Arne der Aussicht auf ein Abenteuer; Paul dagegen überwand seinen Herrenstolz in der Hoffnung, demnächst ein üppiges Mahl außer der Reihe genießen zu dürfen.

„In Ordnung“, entschied Arne erhaben. „Du kannst uns den Weg zeigen, aber dreinzureden hast du nichts!“

„Pah, ich will mich nicht aufdrängen“, erwiderte Diana und wandte sich zum Gehen. Damit gab sie zu verstehen, wie gleichgültig ihr die wichtigtuerischen jungen Herren waren.

Königin Aleta hatte ihrem Sohne im Laufe der Zeit eine ganze Menge an höflichem Benehmen beigebracht. Daran erinnerte sich Arne nun und machte auch gleich fleißig Gebrauch davon. „Liebe Diana", so näherte er sich dem schon einige Schritte entfernten Mädchen, „wir laden dich ein, als gleichwertiges Mitglied an unseren Abenteuern teilzunehmen." Das Mädchen schaute den Prinzen prüfend an und sagte mit einem kaum wahrnehmbaren Achselzucken: „Gut, folgt mir!" Dann führte sie die Freunde in eine entlegene Ecke der Ställe, wo ein Fenster angebracht war, durch das der Mist ins Freie geworfen wurde. Ein Seil hatte sie schon vorher irgendwo aufgelesen.

Diana löste den schweren Riegel. Als sie den Palast über den Misthaufen verließen, gab es zwischen Prinz und Schmiedstochter keinen Unterschied mehr. Von niemand beachtet, erreichten sie die zur See hinunterführenden Klippen. Sie sprangen leichtfüßig darüber, ohne zu bedenken, daß jedes Ausgleiten auf dem schlüpferigen Fels den Tod bedeuten konnte.

Unten angelangt, besorgte sich Diana in einer nahen Fischerhütte etwas Glut und entfachte aus dem herumliegenden Treibholz ein Feuer. Arne und Paul durften lernen, wie Muscheln, Austern und Krebse gesammelt werden, wobei der Prinz von einem Krustentier, das mit der Freiheitsberaubung nicht einverstanden war, einmal heftig gezwickt wurde.

Währenddessen betrieb Diana mit dem einfachen Gerät, das sie aus einer Tasche ihres abgetragenen Gewandes hervorgeholt hatte, den Fischfang so erfolgreich, daß die Zubereitung des Mahles alsbald beginnen konnte.

Hierzu hatte das Mädchen eine dünne Felsplatte, gestützt von drei dicken Geröllsteinen, über das Feuer gelegt, von der nun die lieblichsten Düfte aufstiegen. Von allem war der ewig hungrige, um nicht zu sagen gefräßige Paul so entzückt, daß er seine Neigung zum köstlichen Mahl unwillkürlich auch auf

die Köchin übertrug. Der kleine, dicke Mann hatte sich zum erstenmal in seinem Leben in ein weibliches Wesen verliebt.

Unter diesen Umständen mußte sich Arne gestehen, daß die Führerschaft in diesem Abenteuer unwiderrufbar auf Diana übergegangen war. Auf ein Mädchen also, aber er war darüber nicht weiter verärgert, denn Ähnliches hatte er bei den eigenen Eltern zuweilen auch schon beobachtet.

Ganz anders Paul: die Mischung aus jäh erwachter Zuneigung und immer noch nicht ganz gestilltem Hunger ließ ihn all seinen Stolz vergessen. „Komm. Diana", bat er nach dem Mahl das Mädchen, „wir wollen noch mehr Fische fangen und braten."

Diesem Verlangen nachzukommen, war Diana nicht abgeneigt. Sie sprang auf ihren dünnen, braungebrannten Beinen mit einer selbstverständlichen Sicherheit über einige schon im Wasser liegende Steine zur nächsten Klippe, wohin ihr die beiden Helden wohl oder übel folgen mußten.

Dort zeigte sie erneut ihre Geschicklichkeit und holte einen Fisch nach dem anderen aus der Tiefe. Dieses Tun nahm das Mädchen und die beiden Jungen so in Anspruch, daß sie ihre Umgebung nicht beachteten. Als sie genügend Fische zusammenhatten und der Aufenthalt auf der Klippe im zunehmenden Wind allmählich unangenehm wurde, wollten sie zur Küste zurück. Beim Umdrehen gewahrten sie jedoch, daß schon donnernde Wogen über den schmalen Durchgang brausten. Der Weg nach drüben war für die Jungen abgeschnitten.

„Bleibt hier und haltet euch fest!“ befahl Diana und sprang während des Niederwassers zwischen zwei Wellen katzengewandt hinüber.

Zurück auf dem Felsen blieben zwei verstörte Knaben, die fast schon nicht mehr glaubten, daß Hilfe eintreffen könnte, ehe sie von den steigenden Wassern hinweggespült würden. Am Palasttor nahm sich Diana keine Zeit zu langen Verhandlungen mit den Wächtern, sondern schlüpfte einfach zwischen ihnen durch. „Frau Königin“, keuchte sie dann, „Paul und Arne sind vor der Küste in Lebensgefahr. Sie brauchen ganz schnell Hilfe!“

Als Aleta mit Diana hinunterrannte, wunderten sich die Leute darüber, daß ihre sonst so würdig auftretende Königin dermaßen Eile zeigte.

Während ihrer Kindheit hatte Aleta oft an der Stelle gespielt, wo ihr Sohn nun in Gefahr war. Und zwar nur deshalb in Gefahr, weil sie selber als Mutter versäumt hatte, ihm rechtzeitig das Schwimmen beizubringen. Am Ufer streifte sie in höchster Eile das Oberkleid und die Schuhe ab. Dann sagte sie zu Diana: „Wir schwimmen hinüber und holen die beiden!"

Paul war als Sohn eines Edelmannes von frühauf zum Gehorsam erzogen worden. Als ihm Aleta nun befahl, ins Wasser zu springen, da kam er dem Befehl sofort blindlings nach.

Nachdem der Junge in Sicherheit war, kehrte Aleta zur Klippe zurück. Auch Arne ließ keine Furcht vor dem Sprung in den schäumenden Kessel erkennen. Wahrscheinlich hing das aber damit zusammen, daß Diana, als gebe es für sie überhaupt keine Gefahr, lachend darin herumschwamm. Der kleine Prinz hätte sich zu Tode geschämt, wenn er vor diesem Mädchen, das er vor kurzem noch kaum beachtet hatte, nunmehr als Hasenfuß dagestanden wäre.

„Ich habe über diesen dummen Regierungsgeschäften meine Pflichten vernachlässigt", sagte Aleta hinterher zu sich selber. Und laut zu Arne: „Von morgen an bringe ich dir bei, wie man schwimmt!"

Die Königin hatte eingesehen, daß sie ihren Sohn viel zu lange in der Geborgenheit des Palastes gehalten hatte. Nun fehlten ihm die Erfahrungen, die weniger behüteten Kindern gleichsam von selbst zufallen.

,,Diana ist großartig", gestand Arne am Abend. ,,Sie kennt sich aus mit Fischen und Booten und Höhlen und mit allen möglichen Dingen. Schade, daß sie nur ein Mädchen ist." Bei der letzten Bemerkung seufzte Arne hörbar vor sich hin, wofür seine Mutter volles Verständnis hatte.

Am andern Tag wurde Diana mit ihrem Vater in den Palast geholt und zur Königin gebracht. Aleta verkündigte: ,,Ich ordne an, daß Diana, die Tochter des Grobschmiedes Gian, für ein Jahr und einen Tag ein Knabe ist!"

Diana trat erschrocken vor und kniete neben der Königin nieder. ,,Ich will aber kein Junge sein" sagte sie feierlich. ,,Knaben verstehen von nichts etwas. Bitte laßt mich ein Mädchen bleiben, Frau Königin."

,,Ich weiß wohl, was du empfindest", gestand die Königin, ,,doch wir Frauen müssen viele törichte Dinge tun, damit die Männer glücklich werden. Abgesehen davon, wirst du ein sehr gut aussehender Jüngling sein."

Vor so viel Überredungskünsten schwand Dianas Abneigung gegen die ihr zugedachte Rolle schließlich dahin; das Mädchen wurde der anerkannte Spielgefährte von Arne und Paul. Gleich anschließend daran begann Aleta mit dem Schwimmunterricht, zu dem auch die Zwillinge und Katwin, die Zofe, mitgenommen wurden. Da Arne und Paul miteinander wetteiferten, bald noch besser als Diana zu schwimmen, machten sie rasche Fortschritte.

Im Volke hielt sich hartnäckig das Gerücht, daß eine Urahnin Aletas ein Meermädchen gewesen sei. Dieses Gerede kam nicht von ungefähr, denn die Königin bewegte sich im Wasser ebenso sicher wie auf dem festen Land. Jedesmal, wenn der Unterricht vorüber war, ließ sie die Kinder durch Katwin nach Hause bringen und schwamm ganz allein so weit ins blaue Meer hinaus, daß man sie vom Ufer aus nicht mehr sehen konnte.

Bei einer solchen Gelegenheit kam es zu einer Begegnung, die Aleta ihr ganzes Leben lang nicht mehr vergessen sollte ...

Eisenherz befand sich auf der Heimfahrt vom Heiligen Land. Als sein Schiff schon im Bereich der Nebelinseln segelte, entdeckte er weit voraus in der schimmernden See einen goldenen Tupfen, eine blonde Schwimmerin. Das mußte Aleta sein! Er warf alles von sich, was ihn am Schwimmen hindern konnte, und setzte mit einem Jubelruf über die Reling, ohne dem baß erstaunten Gawain eine Erklärung zu geben. Die Begrüßung mitten im Ägäischen Meer verlief zwar naß und salzig, aber darum kümmerten sich die beiden in ihrem Glück nicht. Sie schwammen Seite an Seite zum Ufer hin.

Wie durch einen Zufall erreichten sie die Küste bei der gleichen Bucht, an der sie sich vor Jahren zum erstenmal gesehen hatten. Als sie später durch die Stadt zum Palast gingen, erregten sie beim Volke Aufsehen, denn Aletas Gewand war noch tropfnass und ihr Gemahl mit einer kurzen Hose nur spärlich bekleidet. Darum kümmerte sich das Paar indes nicht; es schritt wie von einem Traum umfangen dahin und hatte die Welt ringsum vergessen.

Zum festlichen Nachtmahl wurden auch Paul und Diana eingeladen, denn die beiden Ritter wollten dabei über ihre Erlebnisse im Heiligen Land berichten. Das große Wort führte dann freilich, wie immer bei solchen Gelegenheiten, Sir Gawain allein, was ihm in der Zukunft noch einigen Kummer bereiten sollte. An diesem Abend vergaß Diana nämlich ganz und gar, daß sie durch einen königlichen Erlaß ein männliches Wesen geworden war. Die bunt herausgeputzten Erzählungen begeisterten das Mädchen so, daß es sich Hals über Kopf in den kühnen Rittersmann aus Britannien verliebte.

Von dieser Stunde an hatte Gawain keine Ruhe mehr vor seiner hartnäckigen Verehrerin; sie folgte ihm auf Schritt und Tritt und wollte immer noch mehr von ihm erfahren.

Hinzu kam der ständige Ärger mit dem von einem Mißgeschick ins andere stolpernden Peter. Beides zusammen trieb Gawain langsam aber sicher dem Wahnsinn in die Arme. Er sehnte sich nach einer Ortsveränderung, und diese sollte er auch bald haben.

Seit einiger Zeit hielt sich ein aus Naxos stammender Edelmann namens Tyrus am Hofe auf und bemühte sich heftig um Aletas Wohlgefallen. Die Königin dachte dabei an nichts Böses, denn sie konnte nicht ahnen, daß Tyrus eine bestimmte Absicht verfolgte. Der weitblickende junge Mann war nämlich überzeugt, daß Eisenherz bei seinem unzähmbaren Hang zum Abenteuer bald eine Witwe hinterlassen würde, und traf jetzt schon seine Vorkehrungen für die Stunde, in der er König der Nebelinseln werden wollte.

In dem Wunsche, den Tag seines Glückes schneller herbeizuführen, hatte sich Tyrus einen Helfer besonderer Art aus Naxos kommen lassen. Bodex, ein bärenstarker Gote, dem es auf ein Menschenleben mehr oder weniger nicht ankam, erhielt einen Auftrag. Gleichzeitig verhandelte Tyrus mit einem zwielichtigen Schiffseigner aus Nordafrika. Als alles klar war, gab der sonderbare Edelmann dem Piraten einen prall mit Gold gefüllten Beutel und dazu das Versprechen, nach vollbrachter Tat die gleiche Summe noch einmal zu zahlen.

Einige Tage später legte sich der Afrikaner mit seinem Schiff vor die Hafeneinfahrt einer winzigen Insel, die am Rande von Aletas Reich lag, und kündigte an, daß er die Sperre so lange aufrechterhalten werde, bis man entweder einen unverschämt hohen Tribut zahle oder aber einen Kämpfer stelle, der bereit sei, gegen seinen eigenen Mann anzutreten. Zugleich gestattete der Pirat großmütig, wie es schien, daß die Hauptinsel über sein Verlangen unterrichtet werde.

Dies geschah. Als Eisenherz die Kunde vernahm, griff er wortlos zu Schild und Schwert, aber Gawain forderte den Auftrag für sich. Er drängte und bat und erklärte seine Gründe so lange, bis der Prinz nachgab und ihm den Fall überließ.

Gawains Hartnäckigkeit entsprang nicht allein seiner Kampfeslust oder seiner Freundschaft zum Prinzen. Viel mehr war ihm daran gelegen, der Verehrung Dianas wenigstens für ein paar Tage zu entrinnen.

Eisenherz und Aleta winkten ihrem Freund noch so lange nach, bis das Schiff außer Sicht war, dann gab sich Gawain voller Freude darüber, daß er das wie eine Klette an ihm hängende Mädchen endlich abgeschüttelt hatte, der wohlverdienten Ruhe hin. Die Zufriedenheit des Ritters mit sich selbst und der Welt hielt indes nicht lange vor. Schon der erste Rundgang auf dem Schiff belehrte ihn, daß er des Mädchens Beharrlichkeit unterschätzt hatte. Irgendwann mußte sich die Kleine in einem unbewachten Augenblick an Bord geschmuggelt haben. Da die Zeit drängte, war es für eine Umkehr nun zu spät. Also hatte Diana ihren Kopf wieder einmal durchgesetzt.

Das Schiff erreichte die Insel erst in der Nacht und erhielt von den Piraten die Erlaubnis zur sofortigen Landung. Mit der Ankunft des Kämpfers glaubten die Räuber, ihrem Ziel schon bedeutend nähergekommen zu sein.

Die wenigen Bewohner der Insel hatten sich in der Zitadelle zur Verteidigung und auch zum Schutz der Alten, Frauen und Kinder versammelt. Da sich unter den Männern kein einziger Krieger befand, dessen Waffenkunst und Stärke über den Durchschnitt hinausragte, waren sie alle froh darüber, daß ihnen die Königin so rasch eine Hilfe geschickt hatte.

Gleich am Morgen begannen die bei solchen Anlässen üblichen Zeremonien. Der Anführer der Piraten trat vor die Mauer und wiederholte sein Verlangen unter den gräßlichsten Drohungen. „Wir werden die Insel verwüsten und alles Leben darauf auslöschen, wenn ihr uns nicht eure Schätze abliefert oder einen Kämpfer stellt, der gegen den unseren antritt“, so schloß er, und man sah ihm an, daß er nicht zögern würde, seine Drohungen wahr zu machen.

Gawain sprach den eingeschüchterten Inselbewohnern Mut zu und schickte eine Abordnung hinaus, damit sie die Bedingungen aushandle. Nach langem Hin und Her einigte man sich. Die Schätze wurden hinterlegt. Sollte Bodex gewinnen, so blieben Gold und Juwelen den Piraten. Verlor der Gote jedoch, dann wollten die Räuber mit leeren Händen abziehen. Einen Kampfplatz hatten die Fremden bereits festgelegt. Damit alles mit rechten Dingen zugehe, wurden auch noch Geiseln ausgetauscht.

Als sich die Kämpfer gegenüberstanden, erhob sich unter den Piraten eine Unruhe, die rasch in Bestürzung überging. Der ganze Anschlag war doch nur darauf angelegt, die Königin der Nebelinseln zur Witwe zu machen. Nun aber stellte sich statt des Prinzen ein anderer zum Streit!

Während die Recken gegeneinander vorrückten, spähte ein scharfes Augenpaar aus einem Versteck zwischen den Felsen hervor und machte dabei eine wichtige Entdeckung.

Der von den Piraten bestimmte Platz war so gewählt und vorbereitet, daß er jeden in Nachteil bringen mußte, der seine Besonderheiten nicht kannte. Der Gote kannte sie, aber Gawain kannte sie nicht!

Der Angriff von Bodex war schrecklich in seiner Wildheit. Gawain gab zunächst Raum; er wollte den Gegner dazu verleiten, seine Kräfte in der Hoffnung auf einen baldigen Sieg vorzeitig zu erschöpfen.

Bei dieser Art zu fechten, mußten sich die Tücken des Kampfplatzes für den Ritter bald gefährlich auswirken. Ehe es soweit kam, hörte Herr Gawain zwischen zwei krachenden Schwertschlägen einen mahnenden Zuruf: „Aufgepaßt, Herr Ritter! Hinter Euch der Platz ist rutschig! Meidet links den Fels, sie haben runde Kiesel daraufgestreut!“

So wurde der Ritter gewarnt! Der mächtige Bodex sprang vor und zurück und zur Seite. Auf diese Weise versuchte er, seinen Gegner in eine der vorbereiteten Fallen zu locken, aber das durch viele Raufereien geschulte Mädchen sah alles und lenkte die Schritte des Freundes mit seinen Zurufen. —

Am gleichen Tag, da Herr Gawain in den gefährlichsten Kampf seines Lebens verstrickt lag, stieß Eisenherz im Palast beim Zurückschlagen eines Vorhanges unvermutet auf Tyrus. Die Überraschung lag allerdings ausschließlich auf der Seite des jungen Edelmannes. „Ich dachte . . . ich dachte“, so stammelte dieser völlig verwirrt und verdattert. „Ich dachte, Ihr hättet eine Reise angetreten, um mit Bodex zu kämpfen.“

Nachdem ihm diese Bemerkung entschlüpft war, bemühte sich Tyrus, dem Prinzen aus den Augen zu kommen. Eine knappe Stunde später verließ er auf seinem Segler den Hafen, um nach Bodex zu schauen.

Eisenherz hatte inzwischen darüber nachgedacht, wieso dieser junge Mann, der doch nur Gast an Aletas Hof war, mehr über den Zweikampf wissen konnte, als er selbst. Sollte da vielleicht . . . ?

Wenn hier Verrat mitspielte, schwebte der Freund in höchster Gefahr. Und irgendeine Teufelei mußte doch im Gange sein. Kein Mensch am Hofe kannte bis dahin den Namen des Gegners, den Gawain freiwillig auf sich genommen hatte. Aber Tyrus kannte ihn. Wie kam der Mann zu solchem Wissen?

Diese Überlegungen erregten den Prinzen dermaßen, daß er beschloß, dem Freunde sofort Hilfe zu bringen, wenngleich sich der Tag schon zur Nacht hinneigte.

Da inzwischen Windstille eingetreten war, ließ Eisenherz zwei leichtgebaute Boote mit Aletas besten Ruderknechten besetzen. Während die Männer ihre Schiffe durch die Nacht trieben, grübelte der Prinz über die rätselhaften Zusammenhänge nach, bis ihm die Erleuchtung kam. Er erinnerte sich plötzlich wieder daran, wie auffallend der Mann aus Naxos seiner Frau den Hof gemacht hatte, und fand so die Lösung: Tyrus wollte Aleta zum Weibe gewinnen, dazu mußte sie zuerst Witwe werden. Das war ein teuflisch ausgeheckter Plan.

Auf der kleinen Insel war der Kampf inzwischen noch lange weitergegangen. Die dolchartige Spitze an des Goten Schild hatte den Ritter anfangs mehrfach gefährdet, bis er dann lernte, das Mordinstrument zu seinem Vorteil zu nutzen. Das geschah, indem er seinen eigenen Schild gegen die Spitze schwang und damit des Goten Deckung zur Seite drückte. Jedesmal, wenn ihm das gelang, zuckte sein Schwert nach der offenen Flanke des Gegners.

Bodex, mehrfach hart getroffen, focht trotzdem weiter. Vorsichtiger allerdings. Erst als sich die Schatten der Nacht versammelten, trat er einen Schritt zurück und japste: „Halt! Wir sind doch keine Katzen, die im Dunkeln raufen ... morgen, wenn es hell ist, machen wir weiter!"

Nach diesen Worten, denen Herr Gawain seiner eigenen Müdigkeit wegen nichts entgegenzusetzen hatte, wandte sich der Männertöter zum Gehen und wankte auf steifen Beinen zu den schweigend dastehenden Piraten hin.

Der erschöpfte Ritter stützte sich schwer atmend auf sein Schwert, als eine kühle Hand nach der seinen griff. „Kommt, Herr, ich pflege Eure Wunden" sagte Diana. „Bodex wird morgen nicht mehr gegen Euch antreten können, Ihr habt ihn zu oft und zu schwer getroffen."

In diesem Augenblick kam der Prinz vom Meer herauf und beglückwünschte den Freund zu dem überstandenen Kampf. Während der Nacht besserte ein Waffenschmied Gawains Rüstung in aller Eile aus. Als sich der Ritter dann am Morgen erneut zum Kampfplatz begab, fühlte er sich zwar noch schwach vom Blutverlust, sah aber äußerlich kaum anders aus als vor dem Kampf.

Eisenherz war über Nacht auch nicht untätig geblieben. Mit seinen Leuten hatte er die am Ufer lagernden Seeräuber umstellt, so daß keiner entkommen konnte. Als sich die Piraten wohl oder übel zum Kampfplatz begeben mußten, brachten sie ihren Männertöter auf einer Tragbahre mit.

Unfähig, sich zu erheben, mußte Bodex seine Niederlage bekennen. Nicht so der Kapitän des Piratenschiffes. Er war entrüstet darüber, daß ihn die Männer des Prinzen umstellt und im Schlaf gestört hatten, und gebärdete sich ganz so, als sei ihm eine schwere Kränkung widerfahren.

„Ich bin ein ehrenwerter Mann", brüllte er. „Ich habe die Aufgabe erfüllt, für die ich bezahlt worden bin! Und nach den Bedingungen, die wir für den Zweikampf vereinbart haben, müßt ihr uns jetzt in Frieden unseres Weges ziehen lassen!"

„Das sollt ihr auch" antwortete der Prinz sanft. „Aber bei aller Gerechtigkeit, die wir euch angedeihen lassen wollen, müßt ihr doch für den Schaden aufkommen, den ihr auf dieser Insel angerichtet habt. Legt alles ab, was ihr am Leibe tragt!"

Angesichts der drohend auf sie gerichteten Waffen, mußten die Piraten den Befehl befolgen. Nur noch angetan mit ihren Unterkleidern, bestiegen sie dann einzeln das Schiff, das des Prinzen Leute vorher von allem geräumt hatten, was nicht niet- und nagelfest war. Waffenlos und völlig entblößt von allem Notwendigen hatte die Bande fürs nächste genug mit sich selbst zu tun.

Als Tyrus an der Reihe war, wandte sich der Prinz an Gawain und flüsterte: „Der Bursche ist jetzt dran. Er hat mich aus der Welt schaffen lassen wollen, und ich traue ihm zu, daß er im letzten Augenblick noch unvernünftig wird. Paß auf!" Dann drehte er dem Verschwörer den Rücken zu.

Für den von ihm eingefädelten Mordanschlag hatte Tyrus, der immerhin von edler Geburt war, einen dramatischen Tod erwartet. Daß er aber völlig unbeachtet blieb und sich genauso wie seine schmutzigen Kumpane entkleiden mußte, das machte ihn rasend. Er sprang den Prinzen mit dem Dolche an, doch da griff eine eiserne Faust nach seinem Handgelenk. Ein einziger Druck genügte, und die Waffe fiel zu Boden.

Während Tyrus von des Prinzen Männern höchst unsanft ausgezogen und auf das Schiff gestoßen wurde, setzte das Freundespaar seine Unterhaltung unbekümmert fort, gerade als sei überhaupt nichts geschehen.

Als letzter wurde der schwerverwundete Bodex an Bord gebracht. Vier Männer mußten ihn tragen und auf dem erhöhten Hinterdeck so niederlegen, daß er sich an einem Pflock etwas aufrichten konnte. Der Hüne hatte zwar für eine schlechte Sache, aber doch tapfer und nach seinen eigenen Begriffen gewiß auch sauber gekämpft; er durfte deshalb seine Habe behalten. Sogar seinen wichtigsten Besitz, die Waffen! So, wie er nun auf den Planken lag und das Schwert griffbereit hielt, ließ er deutlich erkennen, daß er nicht bereit war, den Piraten freiwillig etwas zu geben.

Beim Anblick der auf dem Schiff versammelten Gesellschaft lächelte der Prinz grimmig. Tyrus kauerte an der Reling und war krank vor Ärger. Er konnte nicht begreifen, daß man dem halbwilden Barbaren sogar die Waffen gelassen, ihn aber, den Edelmann, bis auf das Lendentuch beraubt hatte.

In einem noch schlimmeren Seelenzustand befand sich der Kapitän. Voll böser Ahnungen schaute er auf seine Mannschaft, einem üblen Gesindel aus dem Abschaum östlicher Häfen, dem er noch nie einen Anlaß gegeben hatte, ihn zu lieben.

Diese Eindrücke veranlaßten den Prinzen bei der Abfahrt der Piraten zu einer Bemerkung. „Dieses Schiff dürfte sehr unglücklich werden“, sagte er zu Gawain. „Und zwar bald!“

Als das Schiff weit genug weg war, zeigte Gawain dem Freund die auf dem Kampfplatz angebrachten Fußfallen und berichtete über die Hilfe, die Diana geleistet hatte.

Richtig gefeiert wurde das Mädchen erst nach der Heimkehr. Wenn man den Erzählungen des Ritters glauben durfte, dann hatte nicht er, sondern Diana den mörderischen Kampf gewonnen. Er lobte ihre Klugheit, ihren Mut, ihre Treue und überschüttete sie täglich mit Geschenken.

Dem Mädchen gefiel es eine Zeitlang recht gut, daß es dermaßen verwöhnt wurde; dann aber schwand seine Begeisterung am höfischen Wohlleben allmählich dahin. Nun, da ihr der Ritter sozusagen zu Füßen lag, verlor sie das Interesse an ihm, und eines Tages war es dann soweit, daß sie ihm mit hochgestreckter Nase einfach davonlief.

Nach diesem dramatischen Abgang begab sich Diana schnurstracks an den Strand, wo sie Paul und Arne traf, die dort ihre Spiele trieben. Damit begann für die aufgeweckte Tochter des Grobschmiedes wieder das alte Leben, worüber weder Sir Gawain noch sonst jemand am Hofe böse war.

Um diese Zeit, da in dem kleinen Inselreich alles geordnet war, mußten Eisenherz und Aleta an die Heimkehr nach Thule denken. Weil aber der Tag des Frühlingsfestes nicht mehr fern lag, beschlossen sie, dieses noch mitzufeiern. Es sollte das prächtigste werden, das die Inseln je erlebt hatten.

Als dann der Morgen des Festes anbrach, läuteten alle Glocken, in den Straßen erklang Musik, und das Volk tanzte dazu. Mit Blumen und Teppichen buntgeschmückte Schiffe segelten aufs Meer hinaus, wo den Geistern des Windes, der Wogen und der blauen Tiefe Dankopfer dargebracht wurden.

Am Abend des Festes legte Aleta feierlich das Zeichen ihrer Königswürde, den mit Perlen und Edelsteinen geschmückten Goldhelm ab und wurde nun wieder die pflichtbewußte Gattin und Mutter wie zuvor.

Dieses scheinbare Opfer löste am Hofe manches verstohlene Lächeln aus, denn es war ein offenes Geheimnis, daß von Aletas Anmut und Klugheit mindestens ebensoviel Gewalt ausging wie von dem Singenden Schwert in des Prinzen Hand. An ihr war auch ohne Goldhelm jeder Zoll eine Königin.

Vor dem Abschied ergaben sich noch einige Schwierigkeiten. Zuerst erfuhr der Prinz, daß sie nicht quer durch Europa reisen konnten. Landsuchende Germanenstämme hatten das Gebiet jenseits der Donau und des Rheines überschwemmt, und es war nicht ratsam, ihnen in den Weg zu laufen.

Und ein Kauffahrer erzählte: „Übers Meer könnt Ihr auch nicht. Seeräuber aus Afrika beherrschen die Straße von Gibraltar!“

Dann sprach Katwin, Aletas getreue Magd: „Mein Vater war ein kühner Seemann. Er fuhr von Skandinavien nach Konstantinopel über zwei Ströme im Osten, deren Oberläufe nur durch eine schmale Landbrücke getrennt sind. Ich bin damals dabeigewesen und erinnere mich noch gut an die Reise.“

Die Anwesenheit der Piraten in der Meerenge von Gibraltar hätte den Prinzen nicht sonderlich gestört, doch Katwins Hinweis reizte ihn. Den Seeweg und die westlichen Landwege nach dem Norden kannte er schon. Aber diesen östlichen Weg? Diese Überlegung gab den Ausschlag!

Der Prinz war sich darüber im klaren, daß auf jedem Weg Gefahren lauerten, die nur von dem bestanden werden können, der sich seiner Haut selbst zu wehren weiß. Warum also sollte er für die Heimreise nicht ein Gebiet wählen, das ihm noch unbekannt war?

Aleta stimmte dieser Ansicht schweren Herzens bei. Lieber wäre es ihr freilich gewesen, wenn Katwin ihr Wissen für sich behalten hätte. Aber nun war es geschehen. Also wurden ein großes und ein kleineres Schiff mit Handelsgütern beladen, die unterwegs als Tauschobjekte dienen konnten. Die nordische Mannschaft, die Aleta von Thule nach den Nebelinseln begleitet hatte, erhielt Verstärkung aus den Reihen der einheimischen Krieger, und dann ging die Reise los. Alle freuten sich auf das große Abenteuer, das da vor ihnen lag. Alle, nur eine nicht! Durch einen Schleier von Tränen sah Aleta ihre geliebte Inselheimat am Horizont verschwinden, und sie wußte nicht, ob sie ihr kleines Reich jemals wiedersehen würde.

Günstige Winde trieben die Schiffe längs der kleinasiatischen Küste durch das Ägäische Meer Konstantinopel, ihrem ersten Ziel, entgegen.

Wenige Tage später schwammen sie schon in der schmalen Straße der Dardanellen, dann im Marmarameer, und schließlich sahen sie die mächtigen, dreifachen Mauern von Konstantinopel, der Hauptstadt des Oströmischen Reiches, majestätisch vor sich aufgetürmt.

Als eine standesgemäße Unterkunft gefunden war, durchstreiften Eisenherz und Aleta die volkreiche Stadt, die das sterbende Rom längst an Wohlstand und Macht überflügelt hatte. Auf den Straßen gaben sich Griechen und Römer, harte Krieger aus Germanien und Männer aus östlichen Gefilden ein Stelldichein. In Konstantinopel, der Stadt am Goldenen Horn, hatte sich das bunteste Völkergemisch der damaligen Welt zusammengefunden.

Während das Prinzenpaar die Stadt bewunderte, begab sich Katwin zum Hafen; sie wußte, daß die eigenen Schiffe nicht viel für die Stromfahrt taugten und hielt nach besseren Umschau. Nach einigem Suchen fand sie ein Wikingerboot, das zur Überholung ans Land gezogen war. Seine Außenwand bestand aus dünnen Eichenplanken, die an einem Gerippe aus Walfischknochen befestigt waren. Dieses leichte Schiff konnten auch Ruderer schnell bewegen.

Eine Woche verging unter heftigen Feilschereien im Hause des Prinzen, bei denen viel gegessen und noch mehr getrunken wurde. Am Ende hatte Eisenherz aber doch seinen größeren Segler gegen das Wikingerboot vertauscht.

Nun hüllte sich Katwin in das beste Kleid, das sie aus der Heimat mitgebracht hatte; um einer bestimmten Sache willen wollte sie ihre nordische Anmut als Lockvogel benutzen. Festlich gewandet und bewacht von zwei Speerträgern begab sich das Mädchen zum kaiserlichen Palast, in dem die oströmischen Herrscher schon seit Konstantin regierten.

Das kaiserliche Heer setzte sich hauptsächlich aus Griechen zusammen, die zwar tapfere Krieger, zugleich aber auch etwas wankelmütig waren. Manchmal konnte sie schon das Klingeln einiger Goldstücke veranlassen, ihren Herrn zu wechseln.

Dieser Mangel an letzter Verläßlichkeit war der Grund dafür, daß des Kaisers Palastwache nicht aus Griechen bestand, sondern aus Germanen, die noch so unverdorben waren, daß ihnen die Mannesehre mehr galt als der klingende Lohn. An den Kasernen dieser Krieger ging Katwin langsam vorbei und erregte auch gleich das von ihr erwartete Aufsehen, zumal sie die ihr zugeworfenen Grußworte in der Sprache des Nordens beantworten konnte.

Für die Germanen war die Ehre einer Frau unantastbar. Katwin brauchte also nichts zu befürchten und durfte sich ohne Sorge auf ein Gespräch einlassen. Als sie berichtet hatte, auf welche Weise sie nach Konstantinopel gelangt war, warf sie ihren Köder aus. „Prinz Eisenherz von Thule zieht bald nach dem Norden" erzählte sie den heimwehkranken Männern. Auf seinen Schiffen ist noch Platz für jeden, der mitkommen will!" —

„Was hast du denn den ganzen Tag über getrieben?“ wollte Aleta später wissen. „Wir erwarten zum Abend Gäste, und noch ist nichts vorbereitet.“

Die sonst so demütige Magd antwortete: „Verzeiht, Herrin, wir haben genügend Zeit. Außerdem werdet Ihr mehr Gesellschaft bekommen, als Ihr denkt. Ich habe mit den Männern von der Palastwache gesprochen, die alle aus dem Norden stammen. Einige von ihnen möchten uns begleiten. Sie kommen heute noch hierher, um mit dem Herrn zu verhandeln.“

Ehe Katwin eine weitere Erklärung für ihr eigenmächtiges Verhalten abgeben konnte, trat der Prinz dazu und sagte: „Vor dem Tore stehen dreißig Krieger und behaupten, sie seien von einer Frau aufgefordert worden, mich zu besuchen. Weißt du vielleicht etwas von dieser Geschichte, Aleta?“

„Verzeiht, Herr“, mischte sich da Katwin ins Gespräch. „Der Gedanke kam mir, als wir das Langschiff eingetauscht hatten. Ich wollte mich nur erkundigen, aber dann war plötzlich alles schon geschehen.“

„Dann erklärst du uns vielleicht jetzt, was du dir gedacht hast.“

„Ja, Herr. Ich weiß, wie sehr die Seeleute, die wir von den Nebelinseln mitgenommen haben, das Meer und die Sonne des Südens lieben. Der rauhe Norden ist ihnen fremd; sie müßten ihn fürchten. Jeder Tag unserer Reise, der sie weiter vom Süden entfernt, würde ihr Heimweh vergrößern. Diese Leute wären schon bald keine verläßlichen Begleiter mehr!“

„Und du meinst, Katwin ...?“ sagte der Prinz betroffen.

„Ich meine! Habt Ihr schon beobachtet, wie hurtig auch ein müder Gaul noch traben kann, wenn es dem heimischen Stall entgegengeht? Für diese Männer aus dem Norden werden jede überwundene Schwierigkeit und jede überstandene Gefahr nur einen Schritt näher zur Heimat hin bedeuten. Sie werden bis zum letzten kämpfen, um diese Heimat wiederzusehen."

Der Prinz wunderte sich, daß er diese Überlegungen nicht schon selbst angestellt hatte. Er entließ die meisten Männer von den Nebelinseln, worüber diese sichtlich erfreut waren, und ruderte mit seiner neuen Besatzung noch in der gleichen Nacht aus dem Hafen der gastlichen Stadt.

Nach der Fahrt durch den Bosporus erreichten sie das Schwarze Meer, wo sie stürmische Tage erlebten. Die beiden Schiffe hielten sich immer dicht zusammen, auch dann, wenn das Wetter vorübergehend etwas aufklarte, denn das Schwarze Meer war nicht nur wegen seiner Stürme gefährlich, sondern auch wegen der Gesetzlosigkeit, die auf ihm noch mehr als in gewissen Teilen des Mittelmeeres herrschte.

Unter vielen Mühen, aber ohne bemerkenswerte Zwischenfälle, erreichten sie schließlich die volkreiche Stadt Sewastopol auf der Halbinsel Krim. Auf den Märkten dieses Handelszentrums gaben sich der Norden, der Süden, der Osten und der Westen ein vielfarbiges Stelldichein.

Der Aufenthalt in der am Fuße des Jailagebirges gelegenen Hafenstadt zog sich zwei volle Wochen hin. Der Prinz tauschte die von den Nebelinseln mitgebrachten Güter gegen Lebensmittel und anderen Bedarf, den sie für die lange Stromfahrt durch das ihm unbekannte Gebiet brauchten. Landeskundige Führer und Dolmetscher mußten gesucht werden, und außerdem hatte der Prinz die Absicht, auch den zweiten Segler gegen ein geeigneteres Boot zu vertauschen, was ihm allerdings nicht sofort gelang.

Während alle anderen ihrer Arbeit nachgingen, durchstreifte Herr Gawain die Stadt nach Abenteuern, doch schienen die Mädchen von Sewastopol keinen Sinn für Romantik zu besitzen. Mehr Erfolg hatte Katwin in ihrem Bemühen, im Einverständnis mit dem Prinzen noch weitere Nordmänner für die Fahrt zu gewinnen. Drei stämmige Burschen, die ihr geeignet erschienen, waren begeistert von der Aussicht, in ihrer Gesellschaft heimkehren zu dürfen.

Als sie wieder in See waren, bekamen sie erneut garstiges Wetter. Das leichte Langboot konnte kein Segel mehr setzen und mußte gerudert werden. Tag und Nacht plagte sich die Mannschaft verzweifelt an den Riemen. In der breiten Mündung des Dnjeprs fanden sie endlich etwas Schutz, aber noch war die Zeit zum Ausruhen nicht gekommen, denn ein Wikinger Drachenboot lag ebenfalls in der Mündungsbucht. Die Mannschaft hatte sich zum größten Teil auf dem Vorderdeck versammelt, und das bedeutete Vorbereitung zum Kampf.

Um zu zeigen, daß er ohne böse Absichten komme, hängte Eisenherz seinen Schild an die Mastspitze.

„Unser kleiner Segler ist sicher auch noch zu schwer für die Fahrt stromaufwärts", flüsterte ihm Katwin zu. „Wir müssen sehen, daß wir dieses Langboot bekommen. Wenn nicht durch friedliche Verhandlungen, dann durch Waffengewalt!"

Die Schiffe hatten sich inzwischen noch mehr genähert. „Wir kommen nicht als Feinde", rief Eisenherz über das Wasser. „Solltet ihr jedoch den Kampf vorziehen, so bedenket, daß wir über zwei Schiffe verfügen und ihr nur über ein einziges!"

„Daß ich nicht lache!" gab der Wiking grob zurück. „Die Männer in deinem Langboot hängen ja halbtot vor Erschöpfung in den Riemen. Wie sollen sie da noch kämpfen?"

„Du hast recht! Diese Männer sind genauso müde, wie ihr es sein werdet, wenn ihr mit eurem leichten Schiff erst einmal auf dieses unruhige Meer hinauskommt", antwortete der Prinz und fügte nach einer Pause hinzu: „Aber die Männer auf meinem Segler sind noch ganz frisch. Da unsere Reise stromaufwärts geht, mache ich einen Vorschlag. Ihr nehmt mein großes Schiff, ich euer kleines. Ist nun Krieg oder Frieden?"

Nach diesem Angebot steckten die Wikinger drüben die Köpfe zusammen und unterhielten sich leise aber heftig. Ihre Gesten ließen erkennen, daß die Mannschaft geteilter Meinung war, und daraus errechnete sich der Prinz eine Chance.

Eisenherz, dessen Schiffe kampfbereit nebeneinanderlagen, wartete geduldig, bis der Anführer der Wikinger an die Reling trat und eine gemeinsame Beratung verlangte, als deren Ort er eine nahe Sandbank vorschlug. Der Prinz war einverstanden, und so ruderten vier von jeder Seite in den rasch zu Wasser gelassenen Beibooten zum Beratungsplatz.

Zur großen Überraschung der Wikinger brachte die Gegenseite eine Frau mit. Ehe sich ihr Anführer jedoch dazu äußern konnte, nannte der Prinz seinen Namen. Und den kannte der Wikinger vom Hörensagen! Er freute sich, daß er den Prinzen ausgerechnet so fern der Heimat nun auch persönlich kennenlernen durfte. Damit war der Weg für die Verhandlung geebnet. Eisenherz erteilte Katwin das Wort, und diese erklärte noch einmal ausführlich, warum der Prinz seinen kostbaren Segler gegen das verhältnismäßig einfache Langboot tauschen wollte.

Die Wikinger sahen das ein; sie hatten ja selbst gesehen, wie erschöpft die Ruderer des Prinzen von der gleichen See hereinkamen, auf die sie jetzt hinauswollten. Also wurde der Handel abgeschlossen und auch gleich an Ort und Stelle bis in den späten Tag hinein gefeiert.

Während dieser Abendstunden, die den Weinvorrat des Prinzen erheblich verminderten, gelang es Katwin, dem Anführer der Wikinger noch eine andere Zusage schmackhaft zu machen. „Deine Männer", so meinte sie, „werden sich mit dem neuen Schiff am Anfang gewiß schwer tun. Wäre es nicht besser, du bätest den Prinzen um die drei griechischen Seeleute, die noch bei uns sind? Sie könnten euch in die Bedienung einweisen und kämen so auch früher wieder nach Hause. Soll ich vielleicht selbst mit dem Prinzen darüber sprechen?"

Dem Wiking gefiel diese Rede über alle Maßen; er empfand, was ihm das Mädchen da anbot, als einen echten Freundschaftsdienst und verpflichtete sich sogar feierlich, die drei Seeleute, sofern der Prinz sie ihm überlasse, wohlbehalten auf den Nebelinseln abzusetzen, da seine Reise ohnedies durch die Ägäis gehe.

„Ich will mit dem Prinzen sprechen", sagte Katwin, „aber ich fürchte, daß du ihm drei deiner eigenen Männer als Ersatz geben mußt."

„Einverstanden!"

Als Eisenherz von dem Handel hörte, schaute er voller Bewunderung auf das Mädchen, das es fertig gebracht hatte, ihm für die Heimfahrt zwei taugliche Schiffe mitsamt der richtigen Mannschaft zu beschaffen.

Am Morgen traten sie wohlversorgt die Weiterreise über den Dnjepr an. Die Fahrt führte zunächst durch den sumpfigen Küstenbereich, dann kam allmählich ein Urwald auf, der bis an die Ufer herantrat und menschenleer schien. Erst nördlich davon, wo die weiten Steppen der Ukraine begannen, sahen sie wieder Leute. Ein Reitertrupp folgte ihnen am Ufer.

Die rasch zunehmende Zahl der Reiter deutete auf böse Absichten hin. Das bestätigte auch Thorkel, einer der neuen Männer. „Wir kommen bald an eine Stromschnelle und dann an einen Wasserfall, wo wir die Schiffe über Land schleppen müssen", erklärte er. „Dort werden sie uns wohl angreifen!"

Auf Thorkels Rat hin legte Eisenherz bei einer waldbestandenen Insel an, wo sie Stämme für einen Schlitten und Rundhölzer zum darunterlegen schlugen. Als nach einigen Tagen alles fertig war, fuhren sie weiter.

Der Strom verengte sich allmählich und floß schneller dahin. Auf seiner Oberfläche tanzten weiße Schaumflokken. Das Dröhnen von stürzendem Wasser wurde hörbar, bis schließlich hinter einer Strombiegung das erste Hindernis auftauchte.

Es wäre einfach gewesen, ein Tau ans Ufer zu nehmen und die Boote, die mit den Rudern nicht mehr vorankamen, über die Stromschnelle zu ziehen, aber wilde Schreie und ein Hagel von Pfeilen zeigten, daß das nicht ohne weiteres möglich war.

Eisenherz ließ die Boote stromabwärts in ruhigeres Wasser treiben und ging für die Nacht vor Anker. Sie fühlten sich sicher, denn sie hatten bis dahin noch kein fremdes Fahrzeug gesehen. In der Dunkelheit belud Eisenherz das Beiboot mit zwei zusammengeknüpften Tauen, von denen das eine Ende am Schiff blieb. Mit dem anderen ruderte er ans Ufer und schlang es so um einen Felsen, daß seine an Bord gebliebene Mannschaft das Schiff langsam daran nachziehen konnte, ohne mit den Rudern unliebsame Geräusche machen zu müssen.

Als das Boot dann in Ufernähe auf Grund stieß, glitten die Männer mit ihren Waffen schweigend ins Wasser und wateten ans Land.

Nach diesen Vorbereitungen begannen sie am Morgen, ihre Schiffe stromaufwärts zu schleppen, kamen zunächst aber nicht weit, da die Patzinaks, so nannte sich das Volk der Steppenreiter, alsbald wieder auftauchten. Mit wilden Schreien und unter Bogenschwenken galoppierten sie zu einem hochgelegenen Geländepunkt, den sie für günstig hielten, denn von dort aus hätten sie die schleppenden Männer ohne eigene Gefahr beschießen können.

Nun hatte der Prinz aber mit der Wiederkehr der Patzinaks gerechnet und genau an der gleichen Stelle einen Hinterhalt gelegt, in den die Reiter ahnungslos hineinliefen. Als sie nahe genug waren, erhoben sich die Nordmänner aus ihren Verstecken und schleuderten ihre Speere in den heranstürmenden Haufen hinein. Ehe die Patzinaks auch nur einen einzigen Pfeil verschießen konnten, hatten sie schon so viele Tote und Verwundete, daß ihnen jeglicher Schwung verloren ging.

Die Nordmänner nützten die Überraschung aus, indem sie den wankenden Feind unverzüglich mit ihren Äxten angriffen. Diesem erbitterten Nahkampf konnten nur wenige Patzinaks heil entkommen. Sie rasten im Galopp in die Steppe hinein und waren bald nicht mehr zu sehen, aber der Prinz mußte damit rechnen, daß sie verstärkt wiederkehren würden.

Immerhin war nun soviel kostbare Zeit gewonnen, daß die beiden Schiffe am Schlepptau über die Stromschnellen in das ruhigere Oberwasser gezogen werden konnten.

Die Ruder genügten jetzt, um die Boote weiterzubringen, doch war der Prinz seiner Sorgen damit noch nicht ledig. Er wußte von Thorkel, daß nur wenige Meilen weiter ein Wasserfall kam, der auf dem Landweg umgangen werden mußte. Dazu bedurfte es einer längeren Vorbereitung am Ufer, während der die Patzinaks wohl nicht untätig bleiben würden.

Die Steppenreiter fanden sich pünktlich in großer Zahl an der kritischen Stelle ein. Da sie die Gefährlichkeit ihres Gegners schon kannten, nützten sie diesmal ihre Vorteile wohlüberlegt aus. Diese bestanden in der überlegenen Reichweite ihrer Bogen und in ihrer Beweglichkeit als Reiter. So gerüstet, brauchten sie sich auf den mörderischen Nahkampf nicht mehr einzulassen.

Eisenherz entschloß sich zu einem gewagten Landungsmanöver. Als die Schiffe auf dem Strand lagen, schwärmten seine Männer aus und griffen über den Steilhang hinauf an. Hinter Fels und Buschwerk fanden sie leidliche Deckung, und so gelang es ihnen schließlich, die Reiter vom oberen Rande des Hanges zu verdrängen, ohne dabei selbst wesentliche Verluste zu erleiden. Damit war zunächst einmal der Landungsplatz gesichert.

Der Prinz ließ die gewonnene Stellung durch einen Steinwall so verstärken, daß zur Bewachung wenige Mann genügten und alle anderen auf dem Zimmerplatz arbeiten konnten. Während das erste Schiff für den Landmarsch vorbereitet wurde, grübelte der Prinz darüber nach, wie die Sache nun weitergehen sollte. Die Strecke war fünf oder sechs Meilen lang, und die Patzinaks lauerten immer noch auf ihre große Stunde.

Ein Gedanke nahm allmählich Form an. Wenn nicht der ganze Weg befestigt werden konnte, warum sollte man dann keinen beweglichen Schutz bauen?

Eisenherz griff nachdenklich zu einem von den abgeschlagenen Reitern zurückgelassenen Bogen und stellte einige Versuche an, die ihm gewisse, während der Kämpfe gemachte Beobachtungen bestätigen sollten. Dabei fand er einwandfrei heraus, daß die Pfeile der Patzinaks einen festen Lederschild zwar glatt durchschlugen, an einer lose aufgehängten Lage von Mantelstoff ihre Wucht dagegen weitgehend verloren.

Nach dieser Erkenntnis rief der Prinz seine Leute von der Arbeit an den Booten weg und stellte ihnen eine andere Aufgabe. Aus dünnen Ästen entstanden in kurzer Zeit einige leichte Gerüste, die mit grobgewebten Segeltüchern behängt wurden.

Als sich die Nordmänner tags darauf in die Zugseile legten und das erste Schiff ins Gleiten geriet, stießen die in sicherer Enfernung wartenden Eingeborenen ein gellendes Freudengeheul aus. Ihrer Meinung nach mußten die Fremden jetzt bald in die Ebene kommen und dort zum wehrlosen Opfer werden. Über die Bedeutung der auffallenden Lederschilde, die gleichzeitig mit dem Schiff vordrangen, machten sie sich zunächst keine besonderen Gedanken. Umso größer war später die Überraschung.

Das von den Schilden flankierte Schiff hatte kaum die Ebene über dem Stromtal erreicht, da trabten die ungeduldigen Patzinaks schon herbei und schossen eine ganze Wolke von Pfeilen auf die unverfehlbar scheinenden Ziele ab. Die Reiter waren ihrer Sache diesmal so sicher, daß sie sich keine Zeit nahmen, die Wirkung ihrer Schüsse in Ruhe abzuwarten; sie rissen vielmehr sofort ihre Speere hoch und trieben ihre Pferde zu einem Angriff vor, dem ihrer eigenen Erfahrung nach kein Fußvolk widerstehen konnte.

Die Nordmänner warteten bis zum allerletzten Augenblick und ließen erst dann die schützende Deckung fallen. „Auf die Pferde zielen!“ hatte der Prinz kurz zuvor noch befohlen; die struppigen Tiere taten ihm zwar leid, aber er wußte, daß die wilden Steppenreiter nur auf diese Weise abzuwehren waren.

Über die kippenden Schilde weg flog ein Hagel von Pfeilen in die ungeordnet daherjagende Horde hinein. Die vordersten Reiter fielen, und die nachdrängenden stürzten darüber. In diese heillose Verwirrung hinein schleuderten die Nordmänner ihre Speere und brachten dadurch den Angriff vollends zum Stehen. Der gegnerische Haufen war nur noch ein zuckendes Knäuel aus Menschen- und Pferdeleibern, das sich der schrecklichen Schlachtbeile nicht mehr erwehren konnte.

Bei diesem Stand der Dinge erkannte der Anführer der Patzinaks, daß der Kampf verloren war, und zog sich mit den wenigen ihm verbliebenen Männern in die Steppe zurück, wohin ihm der Prinz nicht folgen konnte.

Als die Reiter außer Sicht waren, ließ Eisenherz zuerst die Schilder wieder aufrichten und flicken, soweit sie während des Kampfes gelitten hatten. Auch wurden die kostbaren Speere und Pfeile, die herumliegenden Ausrüstungsstücke und die erbeuteten Pferde eingesammelt, so daß die Nordmänner einem etwaigen weiteren Kampf gut gerüstet entgegensehen konnten.

Dann ging der Marsch im Schutze der Schilde weiter. Die zurückgebliebenen Pferde und einige Gefangene erhielten ihren Platz an den Zugseilen, wo sie nützliche Dienste leisteten.

Auf rumpelnden Rädern und unter dem Ächzen der Hölzer schwankte das Langboot über die Grassteppe. Die Männer schwitzten und trieben sich gegenseitig durch Schreie noch mehr an, aber die verlorene Zeit war nicht mehr aufzuholen. Ehe das Schiff sein Ziel erreichte, brach die Nacht an.

Eisenherz wußte, daß die Patzinaks auch nach der zuletzt erlittenen Schlappe keine Ruhe geben würden, und ließ, da er in der Dunkelheit nicht weitermarschieren konnte, das Lager sorgfältig bewachen. Trotzdem gelang es einigen Feinden, sich in der Finsternis an einen Posten heranzuschleichen, den Mann zu überrumpeln und ihre Pfeile auf die ruhenden Nordmänner zu verschießen. Der Prinz rief die verbliebenen Wachposten zurück und ließ dürres Gras auf die Lagerfeuer werfen. Da der Wind günstig stand, griff der Brand rasch auf die Steppe über und zwang die Patzinaks zur Flucht.

Um die Mittagszeit des folgenden Tages konnte das Langboot wieder seinem gewohnten Element übergeben werden. Eisenherz kehrte mit dem größten Teil seiner Leute zum zweiten Schiff zurück, um zunächst einmal die Vorräte zu holen. Ein Reitertrupp der Patzinaks, der allerdings keinen Angriff wagte, begleitete den Zug in sicherem Abstand.

Beim anderen Schiff, das unangreifbar mitten im Strome ankerte, war alles friedlich zugegangen. Eisenherz beschloß daher, auf dem zweiten Marsch außer den Vorräten nur Arne und Katwin mitzunehmen, Aleta und die Zwillinge aber noch einmal in der Geborgenheit des Stromes zu lassen.

Der Prinz wartete noch, bis das ausgeräumte Boot wieder sicher vor Anker lag, und schickte sich erst dann zum Marsch an. Als Aleta die Zwillinge zu einem letzten Winken hochhob, standen neben ihr die zehn härtesten Krieger, über die Eisenherz verfügte; er hatte sie zum Schutze seiner Lieben zurückgelassen.

Während des Marsches tauchten die Patzinaks wieder in größerer Zahl auf; sie begnügten sich aber mit ungenauen Pfeilschüssen aus großer Entfernung, die kaum etwas trafen.

Am Abend war die Lage so, daß das eine Schiff fest vertäut oberhalb des Falles lag, während das andere sechs Meilen stromabwärts auf dem erregten Wasser unterhalb des Falles tanzte. Aleta fühlte sich auf diesem Boot so sicher, daß sie unter einem auf dem Deck errichteten Zeltdach sogar ein Feuer anlegen ließ, das die ganze Nacht über brennen und wärmen sollte. So kam es, daß einige Patzinaks, die als Beobachter zurückgeblieben waren, alles sehen konnten, was an Bord geschah, ohne dabei selbst gesehen zu werden. Das führte zu einem folgenschweren Zwischenfall . . .

Der Anker steckte fest im Grund, aber das Tau scheuerte unter dem Wasser an einem Felsen, bis es schließlich riß und das Boot davontrieb. Die schlingernden Bewegungen, die das Schiff in der Strömung gemacht hatte, verhinderten, daß Aletas Krieger etwas von dem Zwischenfall merkten, aber die Patzinaks zogen aus dem Fortgleiten des Feuers sofort den richtigen Schluß und folgten dem Schiff am Ufer entlang, bis es in das kreisende Wasser einer Bucht geriet und ans Land gedrückt wurde.

Ein harter Stoß und die Schreie der Wächter schreckten Aleta hoch. Das erste, was sie im Schein des flackernden Feuers erkannte, war das Gesicht eines Patzinaks, der mit dem Schwert in der Hand an Bord kletterte. Ihr einziger Gedanke galt den Kindern; sie klappte eine Luke auf und schob die Kleinen in den Raum darunter.

Nachdem die Zwillinge in Sicherheit waren, zog Aleta ihre einzige Waffe, einen kleinen, juwelenbesetzten Dolch, und stellte sich, zu allem bereit, schützend auf die wieder geschlossene Luke.

In der ersten Überraschung hatten des Prinzen Krieger etwas Raum verloren. Nur wenig später beherrschten sie das Schiff wieder und konnten Ausschau nach ihrer Herrin halten. Doch Aleta war spurlos verschwunden!

Das Geräusch sich entfernender Hufschläge verriet auch, wohin Aleta verschwunden war.

Am Morgen bestatteten die Männer ihre Toten und schwuren, sich keine Ruhe mehr zu gönnen, bis ihre Herrin gefunden und befreit sei.

Um diese Zeit kam Prinz Eisenherz zurück und entdeckte schon von weitem, daß das Schiff seine Lage verändert hatte. Dieser Anblick ließ ihn erschrecken. Er warf weg, was er in Händen trug und rannte hinzu. Als er die schreckliche Kunde erfahren hatte, verhörte er einen Verwundeten. „Ich heiße Kazar", bekannte der Mann. „Die Patzinaks haben mich versklavt, aber nun räche ich mich. Ich zeige euch den Weg zur Stadt des Dragda Khans, dessen Männer die Frau geraubt haben."

Eisenherz war schon im Aufbruch begriffen, als vom Schiff her laut schreiend ein Mann gelaufen kam, der die Zwillinge in der Luke gefunden hatte. Der Prinz überzeugte sich, daß seine Jüngsten wohlauf waren und trat dann sofort den Marsch an. —

Inzwischen hatten die Entführer ihr Ziel erreicht. „Wenn sich dieses Tor hinter mir schließt, wird eure Stadt untergehen", sagte Aleta, doch wurde die Warnung von keinem der Männer ernst genommen. —

Der Khan schaute verwundert von seinem Weinbecher auf, als Aleta hereingeführt wurde. „Schaut, Großmächtiger, wen wir Euch mitgebracht haben. Sie ist eine Königin und würdig, in Euren Frauengemächern zu leben."

„Gut, gut" schmunzelte Dradga. „Ich werde sie sogar zu meiner Hauptfrau machen. Bereitet die Hochzeitszeremonien vor!"

Aleta richtete ihre grauen Augen auf den fetten, herausgeputzten und nicht gerade reinlichen Mann. „Ich bin aber schon mit Prinz Eisenherz verheiratet und muß Euch bald wieder verlassen. Meine Kinder warten auf mich. Wenn ich nicht komme, wird mich mein Gemahl mit Gewalt holen."

„Pah!" antwortete der Khan. „Du hast die Möglichkeit, deinen Prinzen mitsamt seiner schreienden Brut loszuwerden und dafür als Hauptfrau in das Haus des großen Dragda Khans zu kommen!"

Aleta war sehr nachdenklich, als sie in die Frauengemächer geführt wurde, um sich für die Hochzeit umzukleiden. Daß Eisenherz kommen würde, bezweifelte sie nicht, aber sie mußte Zeit für ihn gewinnen, kostbare Zeit! Zu allem entschlossen vergewisserte sie sich, daß ihr Dolch am Platz war.

Das Fest begann. Dragda Khan schaute bewundernd auf Aleta. Nie zuvor hatte er eine Frau wie diese gesehen, und sie kam ihm jetzt als zu schade für das Zusammenleben mit den anderen Frauen im Harem vor. Im stillen entschied er sich, daß Aleta seine Königin werden und neben ihm regieren sollte.

Nach diesem Beschluß aß und trank der Khan so rückhaltlos, als sei sein fetter Wanst überhaupt nicht zu füllen.

Die Hochzeitsfeier artete in eine allgemeine Schwelgerei aus. Aleta saß ruhig und kühl wie eine Elfenbeinfigur auf dem Ehrenplatz neben dem Khan. Nach außen hin zeigte sie weder Angst noch Zufriedenheit, aber jeder Schlag ihres Herzens hämmerte: „Aufschub! Aufschub!“ Endlich sah sie eine Möglichkeit, für Eisenherz einige Stunden zu gewinnen.

Dragda Khan dachte bei einem weiteren Becher ebenfalls nach. Er fragte sich ernstlich, ob vielleicht eine tüchtige Tracht Prügel das Mädchen veranlassen könnte, ihm etwas mehr Aufmerksamkeit zu schenken? Nein! entschied er schließlich. Man peitscht ja auch kein Vollblutpferd, sondern spricht ihm gut zu!

Damit war für Aleta die Zeit gekommen, ihren listigen Plan in die Tat umzusetzen. Sie beugte sich zu dem mit Fleisch und Wein vollgestopften Mann hin und sagte schmeichlerisch: „In meiner Heimat tanzt der Bräutigam am Hochzeitstag vor der Braut. Zuerst einen Kriegstanz und dann den wilden Schwerttanz. Aber vielleicht kannst du das alles heute nicht mehr so recht.“

Diesen Zweifel wollte Dragda nicht auf sich sitzen lassen. Er sprang auf die Beine und rief: „Holt die Trommler und die Pfeifer herbei! Ich tanze zu Ehren meiner Braut!“ Dieser Entschluß wurde von der trunkenen Gesellschaft begeistert aufgenommen. Alsbald begannen die Musikanten das Spiel.

Dragda fing zu tanzen an. Nach den vorhergegangenen Genüssen und für einen Mann von seiner Leibesfülle war er noch überraschend leichtfüßig. Und als er sah, daß aus Aletas Augen helle Bewunderung für seine Künste strahlte, verdoppelte er seine Anstrengungen sogar.

Aletas Entzücken war allerdings nur gespielt. In Wirklichkeit hoffte sie, daß der trunkene Kloß unter seinen Anstrengungen zusammenbrechen würde, was einen Aufschub der Hochzeit um mindestens einen Tag bedeutet hätte. Um Dragda noch mehr anzutreiben, klatschte sie mit ihren Händen immer schneller den Takt zum Spiel der Musikanten. Über das Gesicht des Tänzers rannten Schweißbäche, auch bekam er nur noch mühsam genügend Luft. Trotzdem raste er besessen weiter. Der Anblick Aletas, das schrille Klagen der Pfeifen und das Dröhnen der Trommeln rissen ihn immer tiefer in seinen Rausch hinein.

Plötzlich wurde sein dunkelrotes Gesicht aschgrau. In seine Augen trat ein Ausdruck kindlicher Verwirrtheit, und seine Hand fuhr zum Herzen. „Meine Königin . . . du bist meine Königin!“ konnte er gerade noch röcheln, dann fiel er Aleta unmittelbar vor die Füße.

Dragda Khan war im nämlichen Augenblick gestorben, da er Aleta vor aller Augen zu seiner Königin gemacht hatte. Als die bestürzt hinzugeeilten Hauptleute von dem Leichnam aufstanden, war an ihren Mienen und Gesten deutlich zu erkennen, daß sie die fremde Frau für schuldig am Tode ihres Stammesfürsten hielten.

Auch jetzt verlor Aleta ihre Fassung nicht. Sie sprach in aller Ruhe: „Der Große Khan ist von seinem Volke gegangen, aber vorher hat er mich noch zu seiner Königin gemacht. Also werde ich nach seinem letzten Willen so lange herrschen, bis ihr aus eurer Mitte einen neuen Khan gewählt habt, der an meiner Seite regieren soll."

Mit diesen Worten legte Aleta den Samen des Ehrgeizes und auch des Mißtrauens in die Herzen der Hauptleute, von denen jeder selbst gerne die Würde des Khans und dazu die schöne fremde Frau gewonnen hätte.

Als die unmittelbare Gefahr so beseitigt war, hob Aleta ihren Pokal und befahl: „Wir trinken alle auf den Großen Khan!"

Damit hatte Aleta einen zweiten Aufschub erreicht. Wenn Eisenherz noch lebte, dann mußte er jetzt irgendwo draußen im weiten Grasland sein und nach ihrem Verbleib forschen. Gawain, der getreue Freund, würde ihn begleiten, und dazu die tapferen Nordmänner, die keinen Feind fürchteten. Und die Schar der Befreier würde immer näher kommen . . . immer näher!

Aleta riß sich von ihren Träumen los, denn noch befand sie sich ja mitten unter den Hauptleuten und mußte ihren Kampf um die Zeit weiterführen. Da ihr der erste Umtrunk so gut gelungen war, veranlaßte sie die Männer noch oftmals, auf das Wohl des Khans zu trinken, wobei sie klüglich offenließ, ob sie damit den alten oder gar schon den künftigen meinte. Auch verteilte sie ihre Freundlichkeiten so geschickt unter die zechenden Männer, daß ein jeder des Glaubens sein mochte, er sei selbst der Bevorzugte.

Mit dieser Frauenlist erreichte sie, daß ihr keiner zu nahe trat. Jeder, der dies gewagt hätte, wäre von den anderen zerfleischt worden.

Spät in der Nacht, als die Pokale abermals gefüllt waren, stahl sie sich weg und ließ sich von einer Sklavin ihr Gemach zeigen.

Lange fand sie keinen Schlaf. Aleta dachte an das Schicksal der Zwillinge und betete darum, daß man sie in der Luke gleich gefunden habe. Immer wieder raffte sie sich zusammen. Sie hatte alles getan, was in ihrer Macht stand. Nun galt es nur noch weiterzuleben, bis Eisenherz kam . . .

Und mit dem Morgen kam er! Aleta entdeckte den Zug von ihrem Fenster aus. In ihre jäh aufquellende Freude mischte sich auch gleich ein heftiges Erschrecken. Es war zwar furchterregend, wie entschlossen Eisenherz mit seinen Nordmännern gegen das Tor vordrang, aber sie bildeten alle zusammen doch nur einen kleinen Haufen im Vergleich zu den vielen bewaffneten Reitern, die in den Mauern der Stadt versammelt waren.

Aus der Halle ließen sich die zornigen Rufe streitender Männer vernehmen. Offenbar ging es um die Nachfolge. Aleta begab sich an ein der Innenstadt zugewandtes Fenster. Während ein schwarzgekleideter Herold den Tod des Khans öffentlich verkündete, stürzte vom Tore ein Wächter mit der Nachricht herbei, daß die Stadt angegriffen werde. Auf der Straße entstand im Nu ein wüstes Durcheinander, das niemand so schnell ordnen konnte.

Aleta beschloß, zu dieser Verwirrung noch einiges beizutragen und stieg hinunter zu den um die Würde des Khans streitenden Hauptleuten. „Unterbrecht sofort den Hader!“ herrschte sie die uneinigen Männer an. „Vor unseren Mauern steht der Feind und bedroht die Stadt. Ruft die Reiter zusammen. Der Würdigste unter euch soll sie zum Sieg führen!“

Die Hauptleute, die ihre Unterhaltung bis dahin im Sitzen geführt hatten, sprangen hoch wie ein einziger Mann, denn jeder von ihnen fühlte sich durch Aletas vieldeutigen Worte aufgefordert, den Oberbefehl selbst zu übernehmen. Sie alle waren in diesem Augenblick viel zu verwirrt, um zu durchschauen, daß die fremde Frau die Einigkeit unter ihnen noch viel gründlicher zerstört hatte als am vergangenen Abend.

Als die Prinzessin sah, was ihre Worte angerichtet hatten, zog sie sich befriedigt zurück und ließ die ehrgeizigen Männer weiterstreiten. —

Tag und Nacht war Eisenherz an der Spitze seiner kleinen Streitmacht durch die Steppe marschiert und hatte kein Wort mehr gesprochen. Er schritt wie durch einen Nebel aus Schmerz und Angst dahin. Erst als die Mauern der Stadt im Frühlicht auftauchten, wurde er wieder zum kühl überlegenden und klar entscheidenden Führer seiner Schar. Er legte einen kurzen Halt ein, um die Lage zu besprechen.

„Unsere Feinde sind geborene Reiter, die nur im Sattel fechten können. Wenn Pferde aber Feuer sehen, bricht eine Panik unter ihnen aus. Sammelt also trockenes Gras und macht Fackeln aus euren Speeren! Haltet die Feuertöpfe bereit und auch die Werfer! Ebenso die Segelschilde!“

Während Eisenherz diese klaren Weisungen gab, herrschte in der Stadt ein heilloses Durcheinander. Jeder Hauptmann spielte für sich den Oberbefehlshaber, und jeder gab andere Befehle.

Der Prinz führte indes seine Bogenschützen vor das Stadttor, wo sie unter dem Schutz der Schilde die Wächter von der Mauerkrone vertrieben.

Hinter dem Tor hatte sich endlich einer der Hauptleute eingefunden. Statt aber die Abwehr auf der Mauer zu leiten und genügend Verstärkung abzuwarten, ließ er sofort das Tor öffnen. Er war der erste am Platze und wollte nun auch der Sieger sein, der neue Khan! Die Reiter wurden mit einem Pfeilhagel empfangen. Die vordersten fielen schon unter dem Tor und versperrten den anderen den Weg. Dann waren auch gleich die Fackelträger zur Stelle und warfen ihr Feuer durch das Tor auf die zweite Reihe.

Die erschrockenen Pferde stürmten in die engen Gassen zurück, wobei sie alles niederrissen, was ihnen in den Weg kam. Damit war die Panik vollkommen. Einzelne Patzinaks, die sich noch wehren wollten, wurden von den nachdringenden Axtmännern niedergemacht.

Peter, Gawains tölpischer Diener, geriet gegen seinen Willen auch in das Kampfgetümmel hinein, schlüpfte aber, weil er kein Held war, in den ersten besten Torbogen, der sich ihm als Versteck anbot.

Aleta stand im leeren Palast und wartete. Der nächste, der jetzt durch den Torweg trat, mußte ihr entweder den Tod oder die Freiheit bringen. In allen romantischen Geschichten kommt zuletzt ein rettender Held. An der Gestalt, die jetzt auftrat, war allerdings nichts Heldenhaftes.

Trotzdem hatte Peter seinen großen Augenblick. Er ließ sich vor Aleta auf die Knie sinken und rief mit feierlichem Ernst: „Fürchtet Euch nicht länger mehr, edle Frau Königin, denn ich bin herbeigeeilt, um Euch aus den Händen der schurkischen Patzinaks zu befreien!"

Ehe Peter seine eingebildete Heldentat noch weiter ausschmücken konnte, tauchte Eisenherz mit Gawain auf und machte dem Theater ein Ende.

Zwei Tage lang hatte Aleta weder Ruhe noch Schlaf gefunden. Immer war der Tod ganz dicht bei ihr gewesen, nun aber, vor der Gegenwart des geliebten Mannes, versagten ihr die Nerven. Sie lachte, lauter und immer lauter, bis der ganze Raum erfüllt war von diesem wilden, irrsinnigen Gelächter.

Eisenherz war zuerst gekränkt, denn er konnte an dieser blutig erkämpften Befreiung durchaus nichts Lächerliches finden. Schließlich flog ihm Aleta in die Arme, und das Lachen ging in ein Schluchzen über.

„Ich wollte, ich verstünde mich etwas besser auf das Verhalten von Königinnen", brummelte der Prinz versöhnt vor sich hin, als Aleta völlig erschöpft an seiner Brust lag.

Ein moderner Abenteurer schuf einen klassischen Abenteurer

Über Harold Foster, den geistigen Vater von „Prinz Eisenherz“

HAROLD FOSTER

Am 13. Februar 1937 erschien in der Sonntagsausgabe des „New York Journal“ unter dem Titel „Prince Valiant“ die erste Folge der international bedeutendsten und am meisten gelesenen Abenteuerstrips. Unter dem Namen „Prinz Eisenherz“ ist diese großartige Bildgeschichte bei uns bekannt und beliebt geworden.

Ab jenem 13. Februar trat Prinz Eisenherz einen selbst für literarische Bestseller unerhörten Siegeszug durch alle Welt an: Inzwischen erschienen über 2000 Einzelfolgen in 14 Sprachen und in mehr als 200 Zeitschriften und Zeitungen der Welt.
Prinz Eisenherz, dieser kämpferische, mutige, edle und hilfsbereite Held eines mythischen 5. Jahrhunderts n. Chr. hat sich in den Herzen von Millionen junger und älterer Leser ebenso einen Platz erobert, wie beispielsweise der unsterbliche Indianerhäuptling Winnetou von Karl May. Prinz Eisenherz, in dem sich Züge von Helden aus dem großen Sagenbereich der Arthussage, des Hildebrandtliedes, der Nibelungensage und großer frühmittelalterlicher Ritterepen im Stile von Sir Walter Scott wiederfinden, wurde so zu einer großartigen Verbindung von historischer Wahrhaftigkeit und literarischer Phantasie.
So ist es nicht verwunderlich, daß die Leser sich häufig nach dem Schöpfer dieser legendären Abenteuerfigur erkundigen.
Der geistige Vater unseres Prinz Eisenherz war selbst ein Abenteurer. Harold Rudolph Foster, geboren am 16. August 1892 in Halifax, Kanada, ist als Mensch eine faszinierende Mischung von Träumer und Lebenskünstler; von Romantiker und Weltenbummler, von Künstler und Praktiker.
Eigentlich ist es schade, daß es noch kein Buch über die „Harold-Foster-Story" gibt, man würde sie geradezu verschlingen!
Verfolgt man seinen Stammbaum, so stößt man in frühen Zeiten auf Seefahrer. Seefahrerblut mag es sein, das Harold Rudolph Foster immer wieder auf den „Ozean des Lebens" hinauszog und sogar konkret aufs unsichere Wasser: War er doch erst kaum zehn Jahre alt, als er auf einem Segelboot, knapp 27 Fuß lang – etwa neun Meter – vor seiner Heimatstadt Halifax auf dem Wasser schipperte. Dies aber bedeutete an der Küste der Halbinsel Neuschottland, daß der Junge sich mit seiner Nußschale auf den Atlantischen Ozean wagte!
Als 14jähriger zog er als Fallensteller in die heimatlichen Wälder und verdiente sich mit der Ausbeute sein erstes Geld. Im Herzen des riesigen Landes Kanada (es ist übrigens das zweit-

größte Land der Erde), liegt Winnipeg, Haupstadt der Provinz Manitoba. Dorthin verschlug es den jungen Mann, weil seine Familie sich hier aus Existenzgründen ansiedelte. In Winnipeg empfing ihn ein rauhes Klima im Umgangsstil der Gleichaltrigen: weil er bemüht war, sich sauber und gepflegt zu kleiden, hänselten sie ihn und es gab harte Prügel. Um von der ständigen Verliererstrecke wegzukommen, lernte er sachkundig Boxen, so gut und ergebnisreich, daß es für den Job des Berufsboxers langte. Außerdem rannte er als Zeitungsboy durch die Straßen, um diesen Unterricht bezahlen zu können.
Die Familie lebte in eingeschränkten Lebensverhältnissen und man brauchte den 18jährigen, damit er mit für das tägliche Brot sorgte; also verließ er die Schule. Der Berufsstart in einem Büro war nicht von langer Dauer. Ihn trieb es in die Wälder zu einer Entenjagd. Als er nach einer Woche zurückkam, hatte sein Boß etwas gegen diese Art der Freizeitgestaltung während der Arbeitszeit. Harold nahm es ihm weiter nicht übel und war froh, daß die ungeliebte Sache ein Ende hatte.
Schon seit frühester Jugend entpuppte sich Harold als ein Zeichentalent. Es wurde der Zeichenstift, der ihm nun weiterhalf: Zuerst als Werbezeichner in einem Versand-Warenhaus. Als die Wirtschaftskrise von 1913 ihn arbeitslos machte, versuchte er es mit Erfolg als Reportagezeichner bei mehreren Zeitungen. Wir müssen uns dabei daran erinnern, daß die Fotografie noch verhältnismäßig in den Kinderschuhen steckte. In den Gerichtssälen, bei gesellschaftlichen Anlässen und während Sportveranstaltungen sah man damals die Zeitungs-Zeichner überall mit Skizzenblock und Stift sitzen.
Damals, als über Europa die Schatten des Ersten Weltkrieges zogen, war er in ein blondes Mädchen verliebt, das bald seine Frau wurde. Als er einige Jahre später stolzer Vater zweier Kinder war, mußte er sich um eine bessere Einnahmequelle kümmern. Foster bot sich reichen Globetrottern als Reise- und Jagdführer in die wildreichen Gegenden der Provinzen Onta-

rio und Manitoba an. Dort hatte er einen bösen Streit mit einem betrunkenen Pelzjäger, einem „Halbblut“, wie man die Nachkömmlinge von Weißen und Indianern nannte, zu bestehen. Der andere legte die Schrotflinte auf ihn an und die Erinnerung daran besteht zeitlebens in den Schrotkörnern, die ihm noch in Waden und Schenkel stecken.
1917 machte sich Foster unter die Goldsucher. Seine Schürfstätte gab er nach drei Jahren wieder auf. Kurz danach wurde sein Nachfolger fündig – mit umgerechnet einer Million Dollar an Goldkörnern!
Harold Rudolph Foster ging in sich. Er prüfte, wo seine Stärken lagen, und er fand – im Zeichnen. Mit einem Fahrrad strampelte der inzwischen 29jährige runde 1000 Kilometer bis nach Chikago und schrieb sich als grafischer Student an der dortigen Kunstakademie ein.

So wurde Foster ein bekannter Zeichner. 1928 begann er nach dem Roman „Tarzan of the Apes“ seine erste Zeitungs-Bilder-Story.
Die Comics gefielen den Lesern. Sie forderten mehr davon. Aber Foster wollte nach 60 Folgen nicht fortsetzen. Als dann aber auch die Sonntagszeitungen Interesse zeigten und dadurch die Arbeit dickere Honorare einbrachte, „tarzante“ er weiter.
In den 30er Jahren wurde, zunächst erst in scincm Kopf, die Figur des Prinzen Eisenherz geboren. Es war die „Sage vom singenden Schwert“, die ihn faszinierte und die er in fesselnde Bildergeschichten umzusetzen gedachte.
1936 begann er die Serie „Prinz Eisenherz“ zu schreiben und zu zeichnen. 1937, wie wir am Anfang berichteten, erblickte sie das Licht der Welt – und noch heute ist sie in ihrer Hauptfigur und in ihren Episoden frisch wie am ersten Tag.
Inzwischen ist Harold Rudolph Foster ein Mann im biblischen Alter. 1971 übertrug er die Zeichnungen für seinen Eisenherz dem Grafiker *John Cullen Murphy.*

JOHN
CULLEN
MURPHY

Murphy, Jahrgang 1919, gebürtiger New Yorker, aufgewachsen in Chikago und New Rochelle, ist buchstäblich mit dem Zeichenstift groß geworden. Schon als Schüler saß er im weltberühmten Madison Square Garden, wenn sich die Boxprofis in harten Bandagen behämmerten und konterfeite sie. Die Skizzen wurden ihm gegen gutes Geld aus den Händen gerissen, bis der Boxmanager Johnston etwas merkte, sich das Vorkaufsrecht sicherte und alle Bilder erwarb. Murphy wurde von dem bekannten Presseillustrator Norman Rockwell entdeckt: zunächst als interessanter Kopf, den er für eine Illustrierte als Titelbild zeichnete; später als hoffnungsvolles grafisches Talent, das er nach Kräften förderte. Murphy ist vor allem auch ein ebenso gewandter wie sicherer Porträtist geworden. Er malte die Gesichter vieler Prominenter, wozu auch die Generäle Eisenhower und MacArthur gehörten. Diese Bilder entstanden während seiner Militärzeit als Teilnehmer am Zweiten Weltkrieg.
Als John Cullen Murphy für mehrere Monate nach Japan versetzt wurde, nutzte er die einmalige Gelegenheit nach 1945, um seine Landsleute über das noch so geheimnisvolle Land im fernen Osten, vermittels seiner Zeichnungen zu informieren. Die „Chikago Tribune" brachte seine Bildberichte, die ohne Romantik Land und Leute zeigten, wie sie nach dem Abwurf der zwei Atombomben ums Überleben kämpften.
1946, nach seiner Demobilisierung aus der Armee, illustrierte er Sportreportagen und konterfeite berühmte Sportler. Etwa 1949 erhielt er den Auftrag für seine ersten Comicstrips, die den Helden Big Ben Bolt als Hauptfigur hatten. Als die Serie nach Deutschland kam, wurde sie unter dem Namen „Bob Holm" bekannt. Inzwischen hat Murphy „Bob Holm" längst abgegeben und sorgt dafür, daß Prinz Eisenherz weiter lebt und als Ritter ohne Furcht und Tadel die Leser begeistert.

– HO. –

Prinz Eisenherz

1
IN DEN TAGEN KÖNIG ARTHURS
KÄMPFT GEGEN DIE HUNNEN
IM MITTELMEER

2
AUF GEFÄHRLICHEN REISEN
DIE GOLDENE PRINZESSIN
IN DER NEUEN WELT

3
ZWISCHEN LEBEN UND TOD
REITET FÜR THULE
SEIN FREUND BOLTAR

4
BÄNDIGT REBELLEN
BEFREIT ALETA

5
DIE HERAUSFORDERUNG
IM AUFTRAG DES KÖNIGS

6
IM KAMPF GEGEN DÄNEN
UND SACHSEN
DIE REISEN IN DEN ORIENT

7
ABENTEUERLICHE RÜCKKEHR
NACH CAMELOT
VERRAT AN KÖNIG ARTHURS HOF

8
DER SIEG ÜBER
DIE SACHSEN
EIN KAMPF UM THULE

9
ROTHÄUTE UND
BLEICHGESICHTER.
VERRAT UND MASKERADEN

10
DIE GROSSE JAGD
DER SKLAVENAUFSTAND

HAL FOSTER